日本文学と『法華経』

西田禎元

論創社

まえがき

『法華経』は釈尊（釈迦）が説いた教えの一つで、昔から〈諸経の王〉ともいわれ、最高の経典として信奉されてきました。正式の経典名は『妙法蓮華経』（サンスクリット語では〈サッダルマ・プンダリーカ・スートラ〉という）といい、中国の鳩摩羅什（三四四〜四一三年）が訳した、八巻二十八品の漢訳が有名です。

一般的には、〈仏〉といえば〈釈尊〉の名をあげ、釈尊の教えといえば、『法華経』を思い浮かべるようです。この『法華経』が、中国から朝鮮半島を経て、わが国に伝えられたのは、六世紀の半ば頃かと思われます。

七世紀の初めには、聖徳太子（?〜六二二年）によって『法華経』の講義が行われ、『法華義疏』という注釈書が著されました。このようにして、わが国の文化は、仏教色の濃い〈飛鳥文化〉・〈天平文化〉として花開いていったのです。

上代（奈良時代以前）の仏教は、政治的な鎮護国家仏教としての性格が著しいものでしたが、平安時代に入って、最澄・空海という二人の入唐求法僧の出現によって、仏教は新しい展開を示すようになります。中でも伝教大師最澄は、『法華経』を最第一の経典として、日本天台宗を開創しました。

時代は少しずつ、かつての国家仏教から個人仏教へと変化を見せつつあったのです。仏教本来の主題である、個人の悟りや救いの拠り所として、『法華経』はますます尊重されるようになりました。このような状況は、文学の世界にもはっきりと現れてきます。

上代の文学においては、〈無常感〉に代表される仏教思想一般の表現であったり、『法華経』についても引用語句等の表面的であったものが、平安時代以降になりますと、個我意識も深まり、〈説話〉や〈物語〉は勿論のこと、〈和歌〉や〈日記〉のような私的様式の文学に及ぶまで、内面的深いかかわりを見せるようになりました。

説話は〈説教話〉として、和歌は〈釈教歌（仏教歌）〉として、『法華経』の影響が顕著になり、物語文学の雄篇『源氏物語』も、『法華経』とのかかわりを抜きにしては語れない状況を呈しました。日記文学においても、たとえば次のような記述が見られます。

(1)山をいでて暗きみちにぞたどり来し今一たびのあふことにより（『和泉式部日記』、日本古典文学大系、四一八頁）

(2)夢にいと清げなる僧の、黄なる地の袈裟着たるが来て、「法華経五巻をとくならへ」といふ

（『更級日記』、同前、四九三頁）

(3)塵払ふ家のあるじもわがごとやまどひたる子はゆかしかりけん（『成尋阿闍梨母日記』、〈『王朝女流日記文学』笠間書院〉二六一頁）

(4)「衆中之糟糠仏威徳故去」といふところより御声うちつけさせ給ひて（『讃岐典侍日記』、同前、二八二頁）

(1)は「化城喩品」、(2)は「提婆達多品」、(3)は「信解品」、(4)は「方便品」をふまえた記述です。(3)の作品には、『法華経』各巻を題材にした〈法華経八巻歌〉ともいうべき歌の記事さえ見られます。

ともあれ、恋愛や文学や子供のことで心煩わす、和泉式部・菅原孝標娘・成尋母たちの心の支えとして、『法華経』の教えがあったようです。また、臨終の苦痛の中で、堀河天皇（一〇七九～一一〇七年）も、『法華経』を唱えておりました。

このように、僅かな作品に目を注いだだけでも、日本文学と『法華経』のかかわりが理解できます。

本書では、古典から近代文学に及ぶ、〈説話文学〉・〈和歌文学〉・『源氏物語』・『梁塵秘抄』・〈近代文学〉の五項目を取り上げ、概説しました。

『法華経』に代表される仏教が、わが国の歴史社会の主潮である限り、『法華経』は日本文学を照らす〈光〉なのです。

日本文学と『法華経』、というロマンに満ちたテーマを与えて下さった、第三文明社の佐々木利明氏に深い感謝を捧げるとともに、もともと遅筆のうえに、数度にわたる訪中などのために、原稿の仕上がりが大幅に遅れ御迷惑をおかけしましたことを、申しわけなく思う次第です。

なお、執筆に際しては、岩波文庫『法華経』〈三巻〉における読解をはじめ、多くの先学の著書・論文を参考にさせていただきました。すべてにわたっては註記しませんでしたが、この場をかりて厚く御礼申しあげます。

二〇〇〇年三月

西田　禎元

日本文学と『法華経』／目　次

日本文学と『法華経』

第一章　説話文学と『法華経』

一　説話と説話文学

説話とは、口承による神話・伝説・昔話などであり、これらを素材とした作品が説話文学です。また、説話が、大衆による伝承であるのに対し、説話文学は、個人や少数の編纂者によって記載されたものであるともいえます。

さて、その説話文学ですが、『今昔物語集』（平安末期成立）などのように、説話を収集した説話集や説話物語のことをいうのが普通ですが、『古事記』などの上代の叙事文学や、『大和物語』などの平安時代の歌物語、更には『雨月物語』などの近世の読本の類を含めていう場合もあります。

ところで、『古今和歌集』や『新古今和歌集』などの和歌文学や、『竹取物語』や『源氏物語』などの物語文学の例に見られるように、〈和歌〉や〈物語〉の呼称が一般であるのと異なり、説話文学には、〈説話〉という呼称はほとんど見られません。

『説話文学必携』（『日本の神話』別巻、東京美術）に紹介されている一〇七篇の作品中、わずかに一篇だけ、『古本説話集』（傍点筆者）の名が見られるだけです。この作品にしても、発見された昭和十七年に、仮に名付けられたもので、もともとの作品名は知られていないのです。ちなみに、説話文学に多い作品の呼称を上位五種類ばかり示すと、次のとおりです。①「物語」（「はなし」・「咄」も含む）一三篇、②「集」（『古本説話集』も含む）一二篇、③「記」（「録」も含む）一三篇、④「抄」一〇篇、⑤「伝」九篇、となっています。

説話文学における作品の呼称は多様ですが、その中で、『今昔物語集』は最も典型的な呼称といえます。この作品は、「物語」であり、「集」ですから、狭義の説話文学である〈説話物語〉や〈説話集〉の形態に、ピッタリ重なっていることがわかります。

さて、説話文学一般の内容について述べますと、大きく二つの部類に分けて考えられます。(a)仏教説話と、(b)世俗説話の二つです。

(a)は、仏様の説教話の様式に近く、(b)は、芥川龍之介や小島政二郎等の作家たちが言っている「三面記事」や「アラビヤン・ナイト」の体裁に近いものです。

全体としての性格は、叙事的・伝奇的・寓話的・啓蒙的・教訓的・宗教的・庶民的・行動的な特色を示しています。

興味深いエピソードやゴシップの類を収集し編纂したものであり、現代では、週刊誌の記事や、テレビのドキュメンタリーのような存在でもあります。

二『古事記』と『法華経』

現存する我が国最古の歴史書でもあり文学でもある『古事記』の成立は、平城京遷都二年後の七一二年、仏教が伝来（『日本書紀』では五五二年）して、百六十年経った時期です。

『古事記』の文体に及ぼした漢訳仏典の影響については、神田秀夫氏によって指摘されていますが、両者の類似点を幾つか示すと、次のようです。

(a)詩句と散文とが双在する
(b)音仮名の表記法
(c)「所以者」の表現
(d)「白」の敬語的用法

それぞれ説明しますと、(a)の「詩句」に相当するのが、『古事記』の〈歌謡〉であり、仏典の〈偈文〉です。それらが、散文の部分と並び記されています。形式の面では、『万葉集』の〈長歌〉と〈反歌〉の関係に似ています。物事に対する或る種の感動を詠った歌謡と、仏の徳を賛嘆したり、法の教理を述べた韻文との類似性は、充分に理解できます。
(b)の事例を示すと、次のとおりです。

①阿那邇夜志愛袁登古袁（あなにやしえをとこを〈『古事記』「二神の結婚」、上巻五四頁〉）
②邇比婆理都久波袁須疑弖（にひばりつくはをすぎて〈「小碓命の東伐」、中巻二一六頁〉）

(1)阿羅漢・阿鼻地獄・富楼那〈『法華経』「序品」〉、那由佗〈「授記品」〉
(2)娑婆世界・婆羅門・波羅密〈「序品」〉、優曇波羅〈「化城喩品」〉

(c)の事例を示すと、次のとおりです。

『古事記』に使用されている「ア」・「ナ」・「ハ」の音に相当する漢字は、「阿」「那」「波」と「婆」だけであり、これらは中国伝統の古典ではなく、漢訳仏典からの影響であるといいます。

③所以知神子者、上所云活玉依毘売、其容姿端正（神の子と知れる所以は、上に云へる活玉依毘売、其の容姿端正《うるは》しかりき〈「三輪山伝説」、中巻一八〇頁〉

(3)所以者何、仏曾親近、百千万億、無数諸仏（所以は何ん、仏、曽て百千万億の無数の諸仏に親近し〈「方便品」、岩波書店『法華経』（上）六六頁〉

③については、更に下文に「故・知其神子」とあり、「所以……故」の対応が見られるというのです。

(d)の事例は、次のとおりです。

④爾天宇受売白言、益汝命而貴神坐（爾に天の宇受売白言ししく、「汝命に益して貴き神坐す」

〈「天の石屋戸」、上巻八二頁〉
(4)白仏言、世尊何因何縁（仏に白して言わく「世尊よ、何の因、何の縁ありて」〈「方便品」、(上) 七六頁〉）

ちなみに、「所以者」の用例は『法華経』に五十例ほど見られ、「白仏言」の用例は四十四例ほど見られます。

三　平安朝前期の説話文学

平安建都二百年ごろまでの説話文学は、『日本霊異記』（八二二年ごろ、景戒の編）・『三宝絵詞』（九八四年、源為憲の編）・『日本往生極楽記』（九八六年ごろ、慶滋保胤の編）などに代表されます。平安時代に至って、いわゆる鎮護国家の仏教が、次第に個人救済の仏教としての性格を示すようになってきました。最澄・空海という二人の秀才を出現させた仏教界は、最澄による天台法華宗の樹立（八〇六年）にともない、『法華経』最第一の思想が高まり、『法華経』の〈読誦〉や〈書写〉や〈講義〉等が盛んに行われるようになりました。

このような歴史的状況の中で、人心を教化し、大衆に布教する意図のもとに、仏教説話集の編纂も試みられるようになりました。

わが国最初の仏教説話集である『日本霊異記』の誕生も、そうした時代の要請と密接にかかわっています。編者景戒の編集前記からも、右の事実は明らかです。

祈ハクハ奇記を覧る者、邪を却け、正に入り、諸悪作すこと莫く、諸悪奉行せむことを（編者が希望することは、この説話集を見る人は、間違った考えを捨てて正しい道に入り、悪行をやめて善を行うことです〈上巻、序、日本古典文学大系、五七頁〉）

仏性の頂に登り、普く群生に施し、共に仏の道を成ぜむ（仏性を表し、一切の生命あるものに福徳を施し、共に仏の道を成し遂げましょう〈中巻、序、同前、一六三頁〉）

庶はくは、地を掃ひて共に西方の極楽に生まれ、巣を傾けて同じく天上の宝堂に住まむとするものなり（私が願うことは、来世にあっては、皆さんと一緒に、極楽浄土である天上の宝堂に住みたいということです〈下巻、序、同前、三〇七頁〉）

『日本霊異記』は、上・中・下の三巻百十六篇から形勢され、そのほとんどが因果応報を主題とした霊異譚（不思議な話）で、その限りでは正に仏教説話集になっています。正式の書名である『日本国現報善悪霊異記』が示していますように、善悪二道の報いを現世で得るというかたちの話になっています。

善報譚は原則として、「得現報縁（現報を得る縁）」と記されており、〈善報〉は〈現報〉であることがわかります。悪報譚は原則として、「現得悪報縁（現に悪報を得る縁）」とか、「現得悪死報縁（現に悪死の報を得る縁）」と記されています。中には、善報悪報の二種の報いを得たという、「現得善悪報縁（現に善悪の報を得る縁）」というのも数篇見られます。題詞に、現報や悪報の記述がなくても、内容の面からは明らかに、現報譚や悪報譚であるものが多いのです。ほかに、「示異表縁（異《めづら》しき表《しるし》を示す縁）」と記された話も多く、ほとんどが仏法の霊験譚であり、現報譚につながるものです。なお、「異」の代わりに、「霊」や「奇」の文字が使われていますが、意味は同じです。

四　『日本霊異記』の『法華経』説話

『日本霊異記』には『法華経』に関する説話が二十五篇ほど見られ、経典としては最も多いようです。二十五篇の内訳は、『法華経』の書写や読誦という修行による霊験譚や現報譚の類と、『法華経』不敬による悪報譚の類が、それぞれ半分程ずつです。経典の文句を引用した話や、教義を踏まえた主題性の濃い話も数篇見られます。

(a)経文を引用した話

（その一）

村の子供が木で作った仏像を、愚かな男が破壊し、その報いを得たという話で、本文は次のように記されています。

①法花経に説くが如し。「若し、童子戯に木及び筆、或るは指の爪甲を以て、仏の像を画き作さむには、皆仏道を成ぜむ。復一つの手を挙げ、小しく頭を低れ、此れを以て仏像を供養せむには、無上道を成ぜむ」といふ（「村童、戯に木の仏像を剋み、愚なる夫斫き破りて、現に悪死の報を得る縁」〈下巻第二十九話、四〇五頁〉）

（その二）

『法華経』を書写する女を中傷した男の口が曲がってしまったという話で、本文は次のように記されています。

②法花経に云はく「此の経を受持する者を誇らば、諸根闇鈍に、矬陋攣躄となり、盲聾背傴ニならむ」といへり。又云はく「是の経を受持する者を見て、其の過悪を出さば、若しは実、若しは不実なるも、此の人、現世に白癩の病を得む」といふ（「法花経を写し奉る女人の過失を誹りて、現に口喎斜《ゆがむ》む縁」〈下巻第二十話、三七三頁〉）

（その三）

『法華経』を読誦する人をあざけり、口が曲がってしまったという話で、本文は次のように記されています。

③法花経に云はく「若し軽み咲《わら》ふ者有らば、当に世々に牙歯疎ニ欠け、唇醜く、鼻平み、手脚繚戻《もと》リテ、眼目角睞《すがめ》ニなるべし」といふ（「法花経品を読む人を呰《あざけ》りて、現に口喎斜《ゆが》ミテ悪報を得る縁」〈上巻第十九話、一一七頁〉）

①、②、③に引用されている経文は、次のとおりです。

①の前半部は、

乃至童子戯、若草木及筆、或以指爪甲、而画作仏像、〈中略〉、皆已成仏道（乃至、童子の戯れに、若しくは草木及び筆、或は指の爪甲をもって、画いて仏像を作る人は、〈中略〉、皆、已に仏道を成ず〈「方便品」、（上）一一四頁〉）

の文を引き、後半部は、二十三句後の、

乃至挙一手、或復小低頭、以此供養像、〈中略〉、自成無上道（乃至、一手を挙げ、低れて、これを以て仏像に供養せば、〈中略〉、自ら無上道を成ず〈（上）一一六頁〉）

の文を引いています。

いずれも、〈比丘偈〉にある経文で、「皆已成仏道」の事例を示した文句です。仏像破壊の行為は、経文の教えに反します。愚かな男には現罰が下りました。「口鼻より血を流し、両つの目抜けて」（四〇五頁）といった身体破壊の突然死です。

②には、二つの経文が引用されています。前者は、

謗斯経故、〈中略〉、諸根暗鈍、矬陋攣躄、盲聾背傴（この経を謗るが故に、〈中略〉、諸根は暗鈍にして、矬陋《せひくく》、攣《ひきつり》、躄《いざり》、盲、聾、背傴《せむし》とならん〈「譬喩品」、（上）二二二頁〉）

の文を引き、後者は、

見受持、是経典者、出其過悪、若実若不実、此人現世、得白癩病（この経を受持する者を見て、そのあやまちを出さば若しくは実にもあれ不実にもあれ、この人は、現世に白癩の病を得ん〈「普賢菩薩勧発品」、（下）三三四頁〉）

の文を引いています。どちらも『法華経』誹謗や『法華経』を持つ人を中傷する罪報を説いた

文句です。説話本文には、「口喎斜み、面、後に戻りて」とあるので、おそらく、〈攣〉の罰でしょう。

③に引用された経文は、

若有軽笑之者、当世世、牙歯疎欠、醜唇平鼻、手脚繚戻、眼目角睞（若しこれを軽笑せば、当に世世に牙・歯は疎《す》き欠け、醜き唇、平める鼻ありて、手脚は繚《もつ》れ戻《まが》り、眼目は角睞《すが》む〈（下）三三四頁〉）

であり、②後者の文句に続く部分です。①、②、③のいずれも、『法華経』誹謗の現世悪報譚で、説話編者の信仰への熱意が伝わってくる佳篇です。

それでも、内容に合った経文の引用としては、少しばかり適切でないものも見られます。①の内容は、村の子供が薪を拾い、木を刻んで仏像を作り、石を積んで塔とし、供養のまねごとをして遊んでいた、というものです。とするならば、引用する前半部に相当する経文は、

乃至童子戯、聚沙為仏塔、〈中略〉、刻彫成衆相、皆已成仏道（乃至、童子の戯れに、沙を、聚めて仏塔を作り、〈中略〉、仏像を刻彫して衆相を成せば、皆已に仏道を成ず〈「方便品」（上）一一四頁〉）

の方がよいと思います。

(b)教義を踏まえた話

（その一）

乞食行の僧を迫害した男が、法力によって呪縛されてしまい、その子供が父親を助けるために、某禅師に呪縛を解くことを懇願します。禅師の「観世音菩薩普門品」の読誦によって呪縛を解かれた男は、改心し正信を志します。（「悪人、乞食の僧を逼して、現に悪報を得る縁」〈上巻、第十五話〉）

現世悪報譚の体裁をとってはいますが、『法華経』霊験譚であるとともに、悪人発心譚の趣きです。「呪縛」（一〇九頁）という説話本文の記述からは、次に示すような経文の教えを踏まえての表現であると思われます。

設復有人、若有罪、若無罪、杻械枷鎖、検繋其身、称観世音菩薩名者、皆悉断壊、即得解脱
（設い復た、人ありて、若しくは罪あるにもあれ、若しくは罪無きにもあれ、杻械《かせ》、枷鎖《くさり》にその身を検《とじこ》め繋《つな》がれんに、観世音菩薩の名を称えば、皆悉く断壊して、即ち解脱《まぬが》るることを

得ん〈「観世音菩薩普門品」、(下)二四四頁〉)

右の経文は、まさしく「観音品の初めの段」(一〇九頁)に属し、「即ち解脱すること得たり」(一一一頁)の説話本文は、右に引用した経文の、「即得解脱」に相当する部分です。

この説話のポイントは、仏教上のいわゆる悪人や愚人に相当する男が、「若有罪」であるにもかかわらず、父を思う孝心に応じた禅師の誦経(「称観世音菩薩名」)により、悪縁の縛から解かれ、善縁に帰したという点にあります。

「普門品」の名が示すように、〈観世音菩薩〉の慈悲は、普くすべての人に及び、救済の手を差し伸べてくれるというのです。

ゆえに、乞食行の僧を脅かした「有罪」の愚人も、「観世音菩薩普門品」の教えどおり「即得解脱」して、「信心を発し、邪を廻らして正に入れり」(一一一頁)といった真実の救済の姿を示すようになります。

(その二)

編者・景戒自身の体験を記した話で、〈乞食行〉と〈布施行〉の意味するところを『法華経』の教義をとおして説いています。

先ず、〈乞食行〉について、景戒は次のように語っています。

①乞食すとは、普門の三十三身を示すなり。(「災と善との表相先づ現はれて、後に其の災と善との答を被る縁」〈下巻第三十八話、四四一頁〉)

「普門の三十三身」とは、「観世音菩薩普門品」に説かれる〈三十三身の応現〉の教えのことです。

以種種形、遊諸国土、度脱衆生（種種の形を以て、諸の国土に遊び、衆生を度脱《すく》うなり〈(下)二五六頁〉）

とありますように、〈観世音菩薩〉が、ありとあらゆる人に応じて姿を変え、説法することです。三聖身、六天身、五人身、四部衆身、四婦女身、二童男女身、八部身、一執金剛神身の三十三身の中に「乞食身」はありませんが、三十三という数字は限定されたものではなく、数限りない無数の意なのです。

もう一つの〈布施行〉については、次のように語っています。

②白米を擎げて乞者に献るとは、大白牛車を得むが為に、願を発し、仏を造り、大乗を写し

改め、懃に善因を修するなり。（同前、四四三頁）

「大白牛車を得む」とは、「譬喩品」に説かれる〈火宅の譬え〉の教えのことです。家が燃えているのも知らずに、家の中で遊びに夢中になっている子供たちを、屋外に出すために、父親は、子供たちが喜ぶ牛車や鹿車や羊車の玩具で誘うのです。かろうじて屋外に避難した子供たちに、父親は、牛車・鹿車・羊車よりも数段素晴らしい大白牛車を与えるという話です。

この譬え話は、三界の火宅ともいうべき苦悩の人生から、衆生を救うために、仏は、衆生が理解し易い教えで善導し、その後で最上の教えである『法華経』の教義を示したということを意味しています。

経文には、次のように記されています。

愍念安楽、無量衆生、利益天人、〈中略〉、如彼諸子、為求牛車、出於火宅（無量の衆生を愍念し、安楽にし、天・人を利益し、〈中略〉彼の諸子の、牛車を求めんが為に、火宅を出ずるが如し〈「譬喩品」、（上）一七八頁〉）

また、後に続く、〈譬如偈〉には、

有大白牛、〈中略〉、以是妙車、等賜諸子（大白牛有り、〈中略〉、この妙車をもって、等しく諸子に賜う〈同前、一九六頁〉）

とあります。

牛車を求めようとして火宅を出たのは、多くの人々に慈悲を施し、その人たちの安楽を願い、大白牛車に同乗させるためなのです。

そのような、他人の幸福のための行為、利他の振る舞いに相当するのが、説話本文の「白米を擎げ」るといった〈善因〉なのです。

(c)その他の『法華経』説話

中巻第三話には、聖武天皇時代（七二九～七五一年）における、『法華経』説法会の話が記されており、下巻第十八話には、光仁天皇時代（七七〇～七八一年）における『法華経』書写の話が記されています。

どちらも、奈良時代における悪報譚であり、母親を殺そうとした極悪の息子と、女性に通じた写経師は、二人とも即死します。

こうしてみますと、『日本霊異記』における『法華経』に関した説話のほとんどが、『法華経』

霊験譚、『法華経』誹謗の悪報譚です。

編纂の時期は平安時代の初期ですが、説話の背景は、それより以前の奈良時代までのものがほとんどです。

『法華経』を根本経典と仰いだ日本天台宗の開祖最澄が、比叡山に天台法華宗を開立したのは、延暦二十五年（八〇六年）のことで、その十数年後の編纂と思われる『日本霊異記』に『法華経』の影響が著しいのはうなずけますが、口承段階の話において、すでに『法華経』の存在が大きかったことは、注目してよいでしょう。

五　『三宝絵詞』の『法華経』説話

『三宝絵詞』は、九八四年、源為憲によって編集された仏教説話集です。「仏」・「法」・「僧」の三巻から構成され、上巻は仏の本生譚、中巻は仏教流布譚、下巻は一年間の仏事や法会を記した仏教歳時記などが、おもな内容になっています。

上巻の十三話に『法華経』に言及した説話はありません。

中巻の十八話のうち、十七話までが『日本霊異記』と題材を同じくしていますが、そのうち九話が『法華経』に関した説話です。

第十八話の〈大安寺栄好〉の話だけが、オリジナルであり、これもまた『法華経』説話です。

昔、大安寺というお寺に栄好という僧侶がいました。身は貧しかったのですが、よく修行をしていました。老母を寺の隣りに住まわせ、彼自身は、一人の童子を使っていました。食事の御飯を四つに分けて、一つは母親に、一つは乞食に、一つは童子に、残りの一つを自分で食べていました。

この栄好が急に亡くなり、泣き悲しんでいた童子を目にとめた、栄好の友人である勤操という僧侶が、童子から事情を聞き、栄好の身代わりになることを誓いました。何も知らない老母は、息子が訪ねて来る日を待っていました。

或る日のこと、勤操に供養をするという来客が大勢集まって、その世話のために忙しかった童子は、つい老母の給仕を怠ってしまいました。

不審に思った老母が、遅参した童子に問い、息子の死を知らされ、驚きのあまり頓死します。童子の報告を受けた勤操は後悔しました。説話本文は次のように記しています。

我モシマコトノ子ナラマシカハカヽル事ハアラマシヤハ我モシ仏ノ制シ給ヘル酒ヲ乃マサラマシカハカタ時モオコタラマシヤハトイヒツヽナキナケクコト子ムコロニフカシ（古典文庫、一四〇頁）

こうして勤操は、僧侶七人と相語らって、『法華経』八巻を講ずることにしました。老母が亡くなった延暦十五年（七九六年）から、〈法華八講〉は始められたといいます。

説話は末尾に、『法華経』第五巻「提婆達多品」に説かれる、「即随仙人、供給所須、採菓汲水、拾薪設食」（〈中〉二〇六頁）の行道賛嘆を記しています。


法華経ヲ我カエシコトハタキ、コリナツミ水クミツカヘテソエシ（古典文庫、一四二頁）

この歌の詠み人を、光明皇后あるいは行基菩薩のいずれであるか不詳であると、説話の編者は記しますが、『拾遺和歌集』（一〇〇七年ごろ）では、行基菩薩の詠と解しています。

ところで、説話に記される〈法華八講〉の起源は、七九六年の石淵寺での〈同法八講〉ですが、これは、比叡山の天台法華宗開立より先立つこと十年でした。

ちなみに、開結の二経『無量義経』と『観普賢経』を加えた〈法華十講〉は、石淵寺での〈法華八講〉より二年遅れて、比叡山における最澄によって修されています。

六　平安朝後期の説話文学

平安時代の後期に編纂されたおもな説話集は、

(1)　法華験記（一〇四三年ごろ）
(2)　今昔物語集（一〇七七年ごろ）
(3)　古本説話集（一一三〇年ごろ）

(4) 打聞集（一一三四年ごろ）
(5) 宝物集（一一七八年ごろ）
などです。

(1)の『法華験記』は、『日本法華験記』とか、『本朝法華験記』とか、『大日本法華経験記』とも呼ばれ、比叡山の僧侶である鎮源によって編纂されました。

法華一乗を標榜する天台宗の確立隆盛という歴史社会を背景にして、『法華経』功徳や『法華経』霊験の説話を集録したものです。

(2)の『今昔物語集』については、次節で詳しく述べることにします。

(3)の『古本説話集』は、書名が仮の名称で、編纂者も不明です。

内容は上・下二巻より成り、上巻四十六話は〈世俗和歌説話〉、下巻二十四話は〈仏教説話〉の体裁になっています。

仏教説話の内容は、信仰による霊験譚、奇瑞譚などに代表され、観音信仰の霊験譚が比較的多く（九話）見られます。

『法華経』に関する話は、「提婆達多品」をふまえた表現が見られる、①「摩訶陀国鬼食人事第五十五」と、「観世音菩薩普門品」信仰の霊験譚ともいうべき、②「観音経変化蛇身輔鷹生事第六十四」の、二話だけです。

①の話を見てみましょう。

方々の国々で人を食べる鬼に向かって、釈迦仏は次のように説法します。

我行なひしことは、一切衆生の苦を抜かんと思ひてこそ、芥子ばかり身を捨てぬ所なくは行なひしか（『古本説話集全註解』〈有精堂〉、二五四頁）

一切衆生の抜苦与楽のために、仏はどのような小さなことでも、わが身を捨てて行ってきたというのです。

「提婆達多品」の、「観三千大千世界、乃至無有、如芥子許、非是菩薩、捨身命処、為衆生故（三千大千世界を観るに、乃至、芥子の如き許りも、これ菩薩の、身命を捨てし処に非ざること有ることなし。衆生のための故なり」〈（中）二二〇頁〉をふまえた記述です。仏の限りない慈悲が感じとれます。

②の話はどうでしょうか。

鷹取りの男が、人里離れた山奥の深い谷の上で、崖の所に生えている高い榎の木に、鷹の巣を見つけました。巣に居る子鷹を取ろうと木を登りはじめましたが、木の枝が折れ、男は谷に落下し、かろうじて崖の途中に生えている木の枝にぶら下がりました。

説話は次のように続きます。

木の枝をとらへて、少しもみじろぐべき方もなし。いささかもはたらかば、谷に落ち入りぬべし。いかにもいかにもすべき方なし。かくてぞ、鷹飼ふを役にて世を過ごせど、幼くより観音経を読みたてまつり、たもちたてまつりたりければ、「助け給へ」と思ひ入りて、ひとへに頼みたてまつりて、この経を、夜昼いくらともなく誦みたてまつる。「弘誓深如海」と申すわたりを誦むほどに、谷の奥の方より、物のそよそよと来る心地のすれば、「何にかあらん」と思ひて、やをら見れば、えもいはず大きなる蛇なりけり。（同前、三三三頁）

進退きわまった男は、幼い頃から信仰していた『法華経』の「観世音菩薩普門品」を、ひたすら読誦するのです。

普門品偈の「弘誓深如海」（〈下〉二六〇頁）あたりまで読誦を進めてきたときに、大蛇が現れ、男は、この大蛇の背にしがみついて崖の上に戻ることができたのです。

「観世音菩薩普門品」のポイントは、衆生の悩みを受け入れて、すべての悩みを解消してくれるという慈悲深い教えです。

そのためには、一心に〈観世音菩薩〉の御名を称えることが大切であり、その結果、ありとあらゆる七種の難から救われるというのです。

また、説法や救済の現れ方は、三十三という無数の姿を示すというのです。説話の「男」が、「南無、観世音」と一心に称名することにより、〈怨賊難〉ともいうべき災難から、「龍」（大蛇）の姿に応現した〈観世音菩薩〉に救われたのです。

「男」の受難とはさしずめ、普門品偈に説かれる、「或在須弥峰、為人所推堕、念彼観音力、如日虚空住（或いは須弥の峰に在りて、人のために推し堕されんに、彼の観音の力を念ぜば、日の如くにして、虚空にとどまらん〈(下)二六二頁〉）」の教えによるものでしょう。

なお、世俗和歌説話の第一話に、『法華経』を朝夕読誦するヒロインの姿が描かれています。五代の天皇の時代にわたって、賀茂の斎院をつとめた選子内親王（九六四〜一〇三五年）という、歴史上有名な女人の姿です。

『源氏物語』の時代には、五十七年間も神社に奉仕していた人が、『法華経』を読誦するといった尊崇の人生も見られたのです。

(4)の『打聞集』は栄源という説教僧によって書写されたことは明らかですが、原作の編纂者は不明です。

内容は仏教霊験譚が殆どで、『日本霊異記』や『今昔物語集』、『古本説話集』との類話がたくさん見られます。

(5)の『宝物集』は、末尾の記述によれば、「ほとけの御前のものがたりをしるして、名を宝物集といふなるべし」とあるので、仏前の物語、仏前で語り合った大切な話（宝物）の意味になります。編纂者は平康頼（一一七五？～一二三〇年以降？）かといわれていますが、明らかではありません。

『法華経』とのかかわりを見てみますと、経典の名前をはじめ、各品で説かれている教義や経文の一部が、数多く引用されているのがわかります。

『宝物集』〈九冊本〉に記されている『法華経』関係の記事を整理してみると、次のようになります。

(A)　浄土往生十二門の第十一「法華経修行による成仏」譚

阿私仙につかへし大王	提婆品
三世の諸仏の出世の本懐	方便品
一切衆生成仏の直道	方便品
五障の女人もほとけに成	提婆品
二乗の敗種も得道の花	方便品・譬喩品
一眼の亀のうき木のあな	妙荘厳王品
三千年に咲うどん花	妙荘厳王品

渡りに船を得たる　薬王品
三界の火宅を出　譬喩品
法衣のうらの玉　五百弟子品
無一不成仏　方便品
皆已成仏道　方便品
展転第五十の功徳　随喜品
決定知近水　法師品
無二亦無三　方便品
法華最第一　法師品
是人於仏道　神力品
決定無有疑　神力品
多宝の証明　宝塔品
普賢の擁護　普賢品
四天の守護　方便品
十羅刹の囲遶　陀羅尼品
みなことぐく随喜　譬喩品・陀羅尼品
我即歓喜、諸仏亦然　宝塔品

阿難尊者の常随給事　人記品

これらの教義を記したあと、天竺・震旦・本朝三国の『法華経』説話を紹介しています。一話だけ次に示しましょう。

かの有名な藤原道長に、頼通という息子がいました。三条天皇が、自分の娘婿にと願っていたのですが、頼通が大病にかかってしまいました。加持祈禱を試みたのですが効果なく、病人は息を引きとらんばかりに弱ってしまいました。そこに、父道長が登場するのです。

御堂道長のおわしまして、寿量品を一枚ばかりよみて、御かほにあて丶、日本国に法華経の是程にひろまり給ふ事は、我力なり。我子の命たすけ給へ、とおめき（呻き）たまひければ、御しうとの具平親王の物のけあらわれ給ひて、〈中略〉御病やみたまひにけり（古典文庫〈九冊本〉、四二四～五頁）

病気の原因は、具平親王という方の〈物の怪〉でした。その〈物の怪〉が、『法華経』「寿量品」の功力によって正体を現し、やがて退散してしまうのです。

〈物の怪〉が語るところによると、頼通には既に「隆姫」という見平親王の姫君が妻となっているので、新たに三条帝の姫君を妻にすれば、隆姫の物思いがまさるというのです。

道長が我が息子を思い、必死に祈願したように、自分も我が娘を思い、〈物の怪〉となったが、『法華経』によって調伏されてしまったというのです。

子を思う親のかなしみが語られています。『法華経』人情譚ともいうべき趣き深い話です。

(B)「法華経修行による成仏」譚以外の記事

次に示す各品から、二〇例あまりの記述が見られます。

①方便品三例　⑥五百弟子品一例　⑪薬王品一例
②譬喩品二例　⑦法師品一例　⑫普門品一例
③信解品一例　⑧提婆品二例　⑬妙荘厳王品三例
④薬草喩品一例　⑨安楽行品二例
⑤化城喩品一例　⑩寿量品二例

「方便品」と「妙荘厳王品」を引用した記述が比較的多く、三例ずつあります。

前者からは、〈六道輪廻〉、〈優曇華を見ること〉などの教えが引かれ、後者からは、〈浄蔵・浄眼の二子〉、〈善智識の因縁〉などの教えが引かれています。

『宝物集』は、純粋な説話集というよりは、法談書・法論書の体裁を示しています。『三宝絵詞』

に類似した、〈仏教入門書〉の性格が強いといえるでしょう。

七　『今昔物語集』の『法華経』説話

『今昔物語集』は、わが国最大の説話文学で、平安時代の末期、源隆国をはじめとした幾人かの人達によって編纂されたといわれています。

もともと三十一巻の体裁であったようですが、現在残っている形は、二十八巻千三十二篇（題名のみとか、話の前半や後半が欠けているものを含めれば、千七十九篇）になります。

〈時間〉について述べれば、釈迦の前世から平安時代末期までの長遠な歴史を含み、〈場所〉について述べれば、西はインドから東は日本の東北地方まで、三国（インド・中国・日本という当時の全世界観）にわたり、〈人物〉について述べれば、二千人以上に及ぶといわれています。鳥や獣などの動物、天狗や妖怪まで登場し、活躍するというのも、この作品の豊かさを示しています。

『今昔物語集』の構成を、次に示しましょう。

巻序	国	付記	種別	話数	主な内容（本朝仏法部の下欄の数字は法華経に言及した説話の数）
一	天竺部 185（187）		仏教説話	36（38）	釈迦の生涯
二	天竺部		仏教説話	41	仏の説いた本生譚
三	天竺部		仏教説話	35	生前における教化譚
四	天竺部	仏後	仏教説話	41	滅後の弟子教化譚
五	天竺部	仏前	仏教説話	32	仏の成道以前の説話
六	震旦部 174（182）	仏法	仏教説話	48	仏教の中国渡来・流布
七	震旦部	〃	仏教説話	40（48）	法華経霊験譚
八	震旦部			〈欠〉	
九	震旦部	孝養	世俗説話	46	孝子譚
十	震旦部	国史	世俗説話	40	中国史書の奇異譚
十一		仏法		29（38）	仏教伝来、諸寺建立譚 / 7

本朝	十二	〃	仏教説話	40	持経・読経功徳譚	17
	十三	〃		44	法華経功徳譚	44
	十四	〃		45	法華経霊験譚	29
	十五	〃		54	僧侶往生譚	13
	十六	〃		38（40）	観世音菩薩霊験譚	9
	十七	〃		50	地蔵菩薩霊験譚	11
	（十八）	〃		〈欠〉		
	十九	〃		40（44）	往生譚、奇異譚	4
	二十	〃	384（401）	44（46）	善悪現報譚	4
	（二十一）			〈欠〉		
	二十二			8	藤原氏に関する奇異・因縁譚	
	二十三			14（26）	強力に関する逸話	

部	二十四	世俗	世俗説話	55(57)	芸能に関する逸話
	二十五	〃		12(14)	武士に関する逸話
	二十六	宿報		23(24)	民間宿報譚
	二十七	霊鬼		45	妖異譚
	二十八	世俗		44	笑話
	二十九	悪行		39(40)	悪行譚
	三十	雑事		14	和歌による恋愛譚
	三十一	〃	289(309)	35(37)	奇異譚、妖異譚
計	仏法部 17巻 59%		仏教説話 657話 64%	1032(1079)	

作品全体に占める仏教説話の分量は、巻数にしても、話数にしても六割前後という多さを示しています。

「全仏教史的な構想のもとに、大量の仏典・外典が抄出され配列される」（永積安明氏）という見解や、「仏教説話文学というこの集の出発点〈中略〉を無視してはならない、編者の求道探求の跡を無視して、世俗の部分だけで、この作品を理解しようとしてはいけない」（益田勝美氏）という指摘を忘れるわけにはいきません。

天竺（インド）→震旦（中国）→本朝（日本）という三段構成は、まさしく仏教伝来・流布史そのままの姿です。

また、〈天竺部〉における説話群は、仏教史でいうところの、釈迦の生前・在世を含み、〈正法時代〉までに相当し、〈震旦部〉と〈本朝仏法部〉の説話群は、いわゆる〈像法時代〉に相当しているといえます。

さらに、〈本朝世俗部〉に垣間見られる仏教説話は、破戒悪僧譚や僧侶の愛欲滑稽譚などであり、〈末法時代〉の様相を呈しているといえるかも知れません。

『今昔物語集』の編纂が、平安時代末期（末法の初め）であることからも、全仏教史の構想、唱導文芸の性格は否定できません。

それでは次に、『法華経』に関する説話について見てみましょう。

〈本朝仏法部〉の仏教説話は、完全な形で三百八十四篇収められていますが、そのうち、『法華経』に言及した話は百三十八篇（三六％）の多くを数えます。経典別、信仰の対象別では最も多いことになります。

『法華経』の教義を主題にした話や、『法華経』の功徳・霊験一般を語ったもの、更には、経典などの名前だけを記したものなどに類別できます。

百三十八篇の中で、『法華経』各品や各巻の経文を引用したり、名称に言及している説話は、概算すると六十一篇になります。

一話の中で三品（見宝塔品、提婆達多品、普賢菩薩勧発品）に言及している説話（巻第十三、第七話）などもあるので、七十八例ほどの記述が見られます。

表に示すと次頁のようになります。

最も多いのが「普賢菩薩勧発品」で、次が「観世音菩薩普門品」、続いて「提婆達多品」、「安楽行品」、「陀羅尼品」の順番になります。

尤も、〈四要品〉には、「方便、安楽、寿量、普門」が含まれ、〈第一巻〉の肝要は「方便品」であり、〈第五巻〉は普通「提婆達多品」を指します。〈第六巻〉は「如来寿量品」であり、〈第七巻〉は、「常不軽菩薩品」か「薬王菩薩本事品」でしょうし、〈第八巻〉は恐らく「普賢菩薩勧発品」だと思います。

序　　品	⑪-15, ⑬-31
方 便 品	⑭-12, ⑮-42
譬 喩 品	⑬- 2 , ⑬-44, ⑭-27
法 師 品	⑬- 1 , ⑬- 2
宝 塔 品	⑬- 6 , ⑬- 7 , ⑬- 9
提 婆 品	⑫-34, ⑬- 7 , ⑬-12, ⑬-23, ⑬-41, ⑬-43, ⑮-43
安楽行品	⑫-37, ⑬- 1 , ⑬- 5 , ⑬-16, ⑬-21, ⑭- 3
寿 量 品	⑫-35、⑬-14、⑬-37、⑭- 3
不 軽 品	⑲-28
薬 王 品	⑫-35, ⑬- 1 , ⑰-40
普 門 品	⑪-11, ⑬-15, ⑯- 5 , ⑯- 6 , ⑯-16, ⑯-21, ⑯-25, ⑯-26 ⑯-35, ⑯-36, ⑳-25
陀羅尼品	⑫-34, ⑫-40, ⑫-41, ⑬- 4, ⑬-23
普 賢 品	⑪-12, ⑪-15, ⑫-35, ⑬- 7 , ⑬-10, ⑬-15, ⑭-16, ⑭-27, ⑭-28, ⑮-15 ⑮-45, ⑮-46, ⑰-34, ⑰-39, ⑰-40, ⑰-41, ⑲-28, ⑳-13, ⑳-35
四 要 品	⑬-27, ⑬-38
第 一 巻	⑬- 1
第 五 巻	⑭- 6
第 六 巻	⑫-36, ⑫-37
第 七 巻	⑭-17
第 八 巻	⑭-15, ⑭-17, ⑭- 18

実例をいくつか示すことにします。

(1)「方便品」の教義をふまえた話

北の陣にやうやく行くほどに、方便品の比丘偈をぞ極めてたふとく誦して行きける〈中略〉少将音をあげて方便品を誦しけるに、半ばばかり誦しけるほどに失せにけり（「義孝少将往生のものがたり」、巻第十五第四十二話）

爾時世尊、欲重宣此義、而説偈言
　比丘比丘尼　有懐増上慢
　優婆塞我慢　優婆夷不信
　如是四衆等　其数有五千

（その時、世尊は、重ねてこの義を宣べんと欲して、偈を説いてのたもう

「比丘、比丘尼にして増上慢を懐くものあり、優婆塞の我慢なる優婆夷の不信なるあり、かくの如き四衆等はその数、五千あり」〈「方便品」、(上)一〇〇〜一〇二頁〉

道心厚い藤原義孝が、疱瘡の病に倒れ、「方便品」を唱えながら往生したという話です。〈比丘偈〉は「方便品」の最後にある偈文で、「比丘比丘尼……」と始まっているところから、〈比丘偈〉と呼ばれています。「如来寿量品」の〈自我偈〉と同じ呼ばれ方です。

(2)「提婆達多品」の教義をふまえた話

蛇の身なりといへども、法華経を説く座にありて死ぬれば、疑ひなく法華聴聞の功徳によりて、蛇身を棄てて浄土に生ぜるなり(「女子死して蛇身を受け法華を説くを聞きて得脱するものがたり」巻第十三、第四十三話)

龍女、忽然之間、変成男子、具菩薩行、〈中略〉成等正覚(龍女の、忽然の間に変じて男子と成り、菩薩の行を具して、〈中略〉等正覚を成ず〈「提婆達多品」、(中)二二四頁〉)

蛇身に生まれ変わった娘が、法華八講の法会での講義を聴き、第五巻の「提婆達多品」の講義中に死んでしまい、蛇身を捨てて浄土に生まれ変わったという話です。

人間以外のものでも、また女性であっても仏になれるという、〈龍女成仏〉の教えです。

(3)「如来寿量品」の教義をふまえた話

三位の中将殿の臥したまへる頸に、聖人の手を入れたまひ、膝に枕をせさせて、寿量品をうち出して読む音、〈中略〉たふとくあはれなること限りなし。〈中略〉寿量品三返りばかり押し返し誦するにさめたまひぬ。心地もよく直りたまひぬれば、かへすがへす礼みて、後の世までの契りをなして返りたまひぬ（「神明の睿実持経者のものがたり」、巻第十二第三十五話）

譬如良医、智慧聰達、明練方薬、善治衆病、〈中略〉乃知此薬、色香味美、即取服之、毒病皆愈（譬えば、良医の智慧、聰くして、明かに方薬をしらべ、善く衆の病を治するが如し。〈中略〉乃ちこの薬の色・香・味のよきことを知りて、即ち取りてこれを服するに、毒の病は皆癒えたり〈「如来寿量品」、（下）二二一～二二八頁〉）

『法華経』の持経者として代表的な、慈悲深い睿実聖人のお話です。

三位中将（藤原公季）の瘧病（マラリヤに似た熱病）を治すために、「寿量品」を読誦します。病人の衣の襟首に手を差し入れ、自分の膝を枕にさせ、三度ばかり繰り返し読誦しますと、病人の熱がさめ気分がよくなりました。「譬如良医」、「毒病皆愈」の経文の通りでした。

この段には他に、乞食のようななりをした女病人に対して、食物や飲み物を与え、『法華経』の「薬王品」を読誦して聞かせたり、円融天皇の病気快癒のために、『法華経』を第一巻から読誦し、天皇にとりついていた〈物の怪〉を退散させた話なども並記されています。

『法華経』の功徳もさることながら、

極寒の時に衣なき輩を見ては、着る衣を脱ぎて与へつれば、われは裸なりとか、前述の女病人が欲していた食べ物を与えるために、

下に着たる帷を脱ぎて童子に与へて、町に魚を買ひにやりつ

などの記述に見られる睿実の姿は、まさしく菩薩行であり、仏の姿です。

更にまた、天皇の病気快癒の折り、賜わるべき僧官の位を辞退したり、九州に下ってからの国司とのやりとりに見られる、奪われた財産を受け取ろうとしない態度には、俗世間の欲望である地位や財産や名誉を一顧だにしない、聖の姿が描かれていて快い限りです。

(4)「観世音菩薩普門品」の教義をふまえた話

久世の郡に住みける人の娘、年七歳より観音品を受け習ひて読誦しけり。〈中略〉女蟹を得て河に持て行きて放ち入れつ。〈中略〉今夜かの蛇来て門を叩かば速やかに開くべし。われひとへに観音の加護をたのむなり〈中略〉千万の蟹集まり来て、この蛇をさし殺してけり。〈中略〉『なんぢ怖るべからず。ただ蚖蛇及び蝮蝎の気毒煙火燃ゆ等の文をたのむべし』

（「山城国の女人観音の助けによりて蛇の難を遁るるものがたり」、巻第十六第十六話）

蚖蛇及蝮蝎　気毒煙火燃　念彼観音力　尋声自廻去（とかげ・蛇及び蝮・さそりの気毒の煙火の燃ゆるごとくならんに、彼の観音の力を念ぜば、声に尋いで自ら廻り去らん〈「観世音菩薩普門品」、（下）二六四頁〉）

七歳の幼少より観音品（『法華経』の「普門品」）を受持し読誦している娘がいました。慈悲深い彼女は、捕えられた蟹を、自分の家の魚と交換して助けてやりました。ところが、父親の無分別な約束のために、蛇を婿としなければならない窮地に追いつめられました。蛇が訪れる夜、彼女は観音品を読誦し、難をのがれることができました。観音の導きにより、かつて助けた蟹が仲間を引き連れ、蛇をさし殺してくれたのです。

「普門品」信仰の功徳と、慈悲深いふるまいの故に、善報を受けたというお話です。

(5)　「陀羅尼品」の教義をふまえた話

下野の国に僧ありけり。名をば法空といふ。〈中略〉ひとへに法華経を読誦して年月を経る間、忽ちに端正美麗の女人出で来て、微妙の食物を捧げて持経者を供養す。〈中略〉問ひていはく、「これはいかなる女人のいづれのところより来りたまへるぞ。〈中略〉答へていはく、「われはこれ人にはあらず。羅刹女なり。なんぢが法華を読誦する薫修入れるが故に、おのづからわれ来て供給するなり」〈中略〉その時に世に一人の僧あり。名をば良賢といふ。〈中略〉この女人の端正美麗なるを見て、〈中略〉忽ちに愛欲の心をおこす。〈中略〉羅刹女忽ちに端正美麗の形を棄ててもとの忿怒暴悪の形となりぬ。良賢これを見て怖れ迷ふこと限りなし。〈中略〉われ凡夫を離れざる故に、法華守護の十羅刹女に愛欲の心をおこせる咎を悔いかなしびて忽ちに道心をおこす。（「下野国の僧古仙洞に住むものがたり」、巻第十三第四話）

我等亦欲擁護、読誦受持、法華経者、除其衰患。〈中略〉若不順我呪　悩乱説法者　頭破作七分　如阿梨樹枝（我等も亦、法華経を読誦し、受持する者を護りて、その患いを除かんと欲す。〈中略〉若しわが呪に順わずして、説法者を悩乱せば、頭は破れて七分となること、阿梨樹の枝の如くならん〈「陀羅尼品」、（下）二八〇〜二八四頁〉）

下野国（栃木県）に住む法空という『法華経』の持経僧と、良賢という旅の修行僧に関したお話です。

法空の持経の姿に感じた羅刹女が、美しい女性の姿で現れ、法空に給仕します。一方、法空と羅刹女のかかわりが、持経者とその守護者であることを見ぬけない良賢が、美しい姿の羅刹女に愛欲の心を起こし、悪鬼に変じた羅刹女の罰を受けてしまいます。羅刹女自身は〈説法者〉ではありませんが、説法者である持経者の法空を守護する立場ですから、良賢の心底は、〈破戒無慙〉という〈魔〉の働きになるのです。善と悪、道心と愛欲、菩提と煩悩、仏性と魔性のテーマともいうべき一大事が説話化されているといっても宜しいでしょう。

(6)「普賢菩薩勧発品」の教義をふまえた話

阿武の大夫といふ者ありけり。〈中略〉死なむとするほどに、あまたの僧を請じて法華経を転読せしめて、〈中略〉日ごろを経て遂に死ぬ。〈中略〉一人の持経者あり。〈中略〉死人に向かひて法華経を誦する間、第八巻の「この人命終るとき、ために千仏手を授く」といふところを誦するに、この死人忽ちに活きかへりぬ。〈中略〉「われ法華経を読誦せし力によりて、今兜率天上に生まれぬ」といふ（「長門国の阿武大夫兜率に往生するものがたり」、巻第十五第四十六話）

若有人受持読誦、解其義趣、是人命終、為千仏授手、令不恐怖、不堕悪趣、即往兜率天上、弥勒菩薩所（若し人ありて、受持し読誦し、その義を解らば、この人命終するとき、千仏は手を授けて、恐怖せず悪趣に堕ちざらしめたもうことをえ、即ち兜率天上の弥勒菩薩の所に

往き〈「普賢菩薩勧発品」、（下）三二八頁〉

阿武の大夫という人が、病気で死んでしまうときに、『法華経』の一部分を転読させたのですが、とうとう死んでしまいました。

そこに居合わせていた持経者が、死人に向かって『法華経』第八巻の「普賢品」を誦して、「是人命終、為千仏授手」の箇所まできたとき、この死人が生き返ったのです。

道心を発した阿武の大夫は、其の後『法華経』を修め、寿命を全うし亡くなり、知人である僧侶の夢枕に立ち、「自分は、『法華経』の力によって、兜率天上の弥勒菩薩のところに生まれた」と告げたというお話です。

「普賢品」の一部を引用し、その教義をふまえた説話といえます。

ほんの一部分の例しか紹介しませんでしたが、こうした『法華経』の功徳譚・霊験譚は、各品で説かれている主題をふまえた話として、美事な文芸作品にさえなっています。

「説話」は、やはり〈説教話〉であると確信します。

『今昔物語集』には、ここまで紹介してきた〈本朝仏法部〉の『法華経』説話のほかに、〈本朝世俗部〉や、更には〈天竺部〉・〈震旦部〉に収められた『法華経』関係の説話がいくつも見られます。

各部から一篇ずつ取り出し、紹介しましょう。

(A)〈本朝世俗部〉の『法華経』説話

「右少弁師家朝臣、女にあひて死するものがたり」（巻第三十一、第七話）

藤原師家が通っている愛人がいました。気だてのやさしい、辛抱強い女性でした。愛情が薄れたわけではなかったのですが、公務などで忙しく、師家の足は遠のき、二人の間はとうとう絶えてしまいました。

半年たった頃、師家が、その女の家の前を通りかかったとき、女の使いの者に声をかけられ、懐かしく思い、師家は女の部屋を訪ねました。

相変わらず身だしなみがよく美しい女は、経箱に向かって『法華経』を読んでいました。師家が声をかけても、何も答えず読経を続けるばかりです。

第七巻の「薬王品」に入ると、三度繰り返して読み、

於此命終、即往安楽世界、阿弥陀仏、大菩薩衆、囲遶住所、生蓮華中、宝座之上（ここにおいて命終して、即ち安楽世界の阿弥陀仏の、大菩薩に囲遶せらるる住所に往きて、蓮華の中の宝座の上に生れん〈「薬王菩薩本事品」、（下）二〇四頁〉）

の経文のところで、ぽろぽろと涙をこぼしてしまいました。

独り住みのつらい日々を思い出したのでしょうか、女のつらい哀しみに気づかない師家の態度

を恨めしく思った女は、読経の後、にわかに息絶えてしまいました。

そして、数日後に、女の後を追ったように、師家も亡くなってしまいました。

〈仏法部〉の話と異なり、ここには『法華経』の功徳・霊験が語られているわけではありません。死期を予知した女が、かつての恋人に一目会いたくて、部屋に招いたのです。

しかし、彼女が、抜苦の死を、そして安楽の来世を願っていたことは、「薬王品」の経文からも明らかです。

引用した経文の前には、次のような〈女人成仏〉の約束ごとが説かれているのです。

若有女人、聞是薬王菩薩本事品、能受持者、尽是女身、後不復受〈若し女人有りて、この薬王菩薩本事品を聞きて能く受持せば、この女身を尽くして後にまた、受けざらん〈同前、(下)二〇四頁〉〉

説話の編纂者も、「その女最後に法華経を読みたてまつりて失せにければ、定めて後世もたふとからむ」と記しています。

〈世俗部〉の『法華経』説話は、〈仏法部〉とは異なった図式で、『法華経』の意義を説いているようです。

(B)〈天竺部〉の『法華経』説話

「天竺の貧女、法華経を書写するものがたり」(巻第四、第四十話)

天竺(インド)に住む一人の貧しい女が、仏神に祈り、美しい女の子を出産しました。自分の死後と娘の将来を思いやった母親は、後の世の善根のためにも、『法華経』を書写し供養することを心に決めました。

しかし写経のための筆も墨も紙もありません。嘆いている母親の姿を見た娘は、自分の髪を売って、その費用を得ようとしました。

町の人々は、娘の容姿があまりに美しいので、髪を切って買おうとしません。仕方がなく、国王の宮殿に行って買って貰おうとしました。

王宮の入り口のところで、国王の命令で、美しい娘を探している使者に会いました。彼の話によれば、十三歳になる国王の息子が、唖になっており、髪の長い美しい女性の肝を取って薬にしたものを服さなければ、話をすることができないと、医師に告げられたというのです。

そこで娘は、国王に対面し、母の願いの『法華経』書写のための費用のことと、母に別れの挨拶をした後に、自分の肝を提供しましょうと申し上げました。

国王は聞き入れず、息子に一刻も早くものを言わせたいばかりに、娘の肝を切り取ろうとします。

一日だけでも母に会いたい娘は、心の中で仏に祈りました。

「十方においでの仏様たち、どうか私を母に会わせてください」

泣く泣くお祈りしている娘の姿を見て、可哀相だと思った息子が、「父上、その娘を殺さないでください」

と初めて声を発したのです。

国王を初め、王宮内の人々は皆、大喜びで、娘は感謝され、無量の財宝をいただきました。

娘の報告を聞いた母親は、共に喜び、『法華経』をきちんと書写し供養したというのです。

母親の道心、娘の孝心が、『法華経』に説かれる十方の諸仏に通じて、王子の唖が治り、娘の生命も助かったのです。

なお、『法華経』には、〈十方諸仏〉や〈十方仏〉、その他〈十方〉と〈仏〉が結びついた語句が、全部で五十五例ほど見られます。

(C) 〈震旦部〉の『法華経』説話

巻第七の第十四話から第三十二までの十九篇が、純粋な『法華経』説話で、経典別では最多を数えています。

「震旦の都水使者蘇長の妻、法華を読誦して難を免れるものがたり」(巻第七、第二十九話)

法華経を受持していた婦人が、その信仰ゆえに水難を免れたという話です。嘉陵江という大河の中流のほどで、夫の任地へ赴こうと乗っていた船が、突風に遇い沈んでしまいました。乗員全員が激流の中に投げ出され、彼女一人だけが助かったというのです。

彼女はこの日も、『法華経』を箱に入れ持参しました。沈没の直前、その箱を頭上に捧げ、「法華経の霊験あれ」と祈り、水中にとび込んだのです。彼女は何故か沈まず、波にまかせて浮かんでいますと、『法華経』も濡れていませんでした。

「観世音菩薩普門品」には、次のように説かれています。


若為大水所漂、称其名号、即得浅処（若し大水のために漂わされんに、その名号を称えば、即ち浅き所を得ん〈（下）二四二～二四四頁〉）

以上、『今昔物語集』における『法華経』説話の数々を見てきたわけですが、総じて、〈仏法部〉の話は、『法華経』の教義がふまえられており、教訓的に語られています。〈説教話〉の所以といってもよろしいでしょう。

一方〈世俗部〉の話は、特定の経典や教義をふまえた話は少ないのですが、仏教思想そのものの影響は決して浅くなく、むしろ、形骸化した仏教の時代（末法期）に、仏・法・僧（三宝）混乱の時代に、『今昔物語集』の編纂者が意図していたであろう〈全仏教史的構想〉による仏の意味や、法の意義が問われていると思われます。

先に紹介した〈巻第三十一、第七話〉のみでなく、以下に示す説話などに提起されている〈人間の業〉のテーマを、しっかりと見据えなければならないと思います。

巻第二十六、第二十一話「修行者　人の家に行き女主を祓ひて死するものがたり」

同、第二十二話、「名僧　人の家に立ち寄りて殺さるるものがたり」

巻第二十九、第九話「阿弥陀聖　人を殺し、その家に宿りて殺さるるものがたり」

同、第二十二話「鳥部寺に詣づる女、盗人にあふものがたり」

同、第二十七話「主殿頭源章家罪を造るものがたり」

同、第二十八話「清水の南の辺に住む乞食、女をもって人を謀り入れて殺すものがたり」

同、第二十九話「女　乞食に捕へられ、子を棄てて逃ぐるものがたり」

同、第四十話「蛇、僧の昼寝の閉を見、婬を呑み受けて死するものがたり」

巻第三十一、第三話「湛慶阿闍梨還俗して高向公輔となるものがたり」

八　中世以後の説話文学

『今昔物語集』を頂点とした説話文学は、その後の鎌倉時代に入って、『宇治拾遺物語』（一二二一年ごろ）、『十訓抄』（一二五二年ごろ）、『古今著聞集』（一二五四年ごろ、橘成季）などの、世俗説話中心の説話集が盛んになりますが、仏教説話集も幾つか著され、そして、両者は新しい形態の『御伽草子』（室町時代から江戸初期）などの民衆文芸の誕生につながっていきます。

二十八篇中十三篇の物語に『法華経』の記述が見られ、その中の「蛤の草紙」、「和泉式部」、「梵天国」、「鉢かづき」などには、経文の引用や、教義をふまえた表現が見られます。

それでは、中世期の仏教説話集における『法華経』について見てみましょう。

(1)『発心集』の『法華経』説話

『発心集』は、一二一五年ごろ鴨長明によって編纂されたといわれています。百六話全部が純粋な仏教説話ではありませんが、『法華経』に関した説話が十六話、その中で、経文を引いた話や、教義をふまえた話が九話ほど見られます。十五パーセント程度の分量ですが、それでも経典別では最も多く〈経王〉の地位は不動です。実例を一話だけ見てみましょう。

第七十八話「中将雅通法華経を持ち往生の事」

『源氏物語』が書かれた頃に実在した、左近中将源雅通という人の『法華経』信仰による功徳の体験を紹介すると共に、『法華経』全般の霊験を説いている話です。

引用されている経文は、雅通が常日頃読誦していたという「提婆達多品」の、

　浄心信敬、不生疑惑者（浄心に信敬して、疑惑を生ぜざれば〈（中）二一二頁〉）

の部分を初めとして、「法師品」の、

聞妙法華経、一偈一句、乃至一念随喜者、我皆与授記（妙法華経の一偈一句を聞いて、乃至、一念も随喜する者には、我は、皆、記を与え授く〈（中）一四〇頁〉）

の部分や、「見宝塔品」の、

此経難持、若暫持者、我即歓喜〈中略〉是即勇猛、是則精進、是名持戒、行頭陀者（この経は持つこと難し、若し暫らくも持つ者あらば、我、即ち歓喜せん〈中略〉これ則ち勇猛なり、これ則ち精進なり、頭陀を行ずる者と名づく〈（中）二〇〇頁〉）

の部分です。

これらの経文をふまえた話を展開した後で、著者は、「此の経は、仏出世の本懐なり」（『方丈記・発心集』〈明治書院〉一三二頁）と、『法華経』における〈一大事因縁〉のことに言及するのです。

長明の『法華経』受容は、大方妥当であるといえるでしょう。

(2)　『撰集抄』の『法華経』説話

『撰集抄』は、一二二二年ごろの編纂で、西行（一一一八〜一一九〇年）著作説は無理でしょう。百二十一話の中で、六話が『法華経』関係の説話です。

巻第二第六　奥州平泉の郡の女人法華経を授かる事（『法華経』受持）

巻第四第八　慶祚大阿闍梨宇佐の神託を蒙る事（「如来寿量品」に言及）
巻第六第一　玄弉之事（「如来寿量品」に言及）
同第一〇　性空上人発心并に遊女を拝む事（「普賢菩薩勧発品」に言及）
同第一一　武蔵野の郁芳門院の侍之事（「方便品」に言及）
巻第九第二　大江貞基之事（法華八講）

(3)　『閑居友』の『法華経』説話

『閑居友』は、一二二二年ごろの編纂で慈円（一一五五〜一二二五年）著作説などもありますが、著者は明らかではありません。
全三十二話から成り、『法華経』関係の説話は三話、他に『摩訶止観』（五九四年、中国の天台智顗が著した仏教書）関係の説話が数話見られます。

上巻第九話　あづまのかたに不軽拝みける老僧の事（「常不軽菩薩品」に言及）
同第一一話　播磨の国の僧の心をおこす事（「薬王菩薩本事品」に言及）
下巻第一〇話　なにがしの院の女房の釈迦仏をたのむこと（「如来寿量品」に言及）

(4)『沙石集』の『法華経』説話

『沙石集』は、一二八三年ごろに成立した、無住一円(一二二六〜一三一二年)編著の説話集です。

百三十四話すべてが仏教説話ではありませんが、『法華経』に言及した記述が結構多く(四十あまり)、経文を引用したり、教義をふまえた話も二十話ほど数えられます。

序文には、「如来寿量品」に言及した一文も見られます。

黄泉ノ遠キ路ノ粮ヲ積、苦海ノ深キ流ノ船ヲヨソフベキニ、徒ラナル興言ヲ集メ、虚キ世事ヲ注ス(『沙石集』、日本古典文学大系、五七頁、傍線筆者)

「苦海」は、言うまでもなく、「如来寿量品」の

我見諸衆生、没在於苦海(我、諸々の衆生を見るに、苦海に没在せり〈(下)三〇頁、傍線筆者〉)

をふまえた記述でしょう。

それでは、経文を引用したり、教義をふまえた話を次に示します。

巻第二—一 仏舎利感得シタル人ノ事(「譬喩品」)

同四　薬師観音利益ノ事（「観世音菩薩普門品」）
同五　地蔵ノ看病シ給フ事（「如来寿量品」）
同九　菩薩代受苦ノ事（「信解品」）
同一〇　仏法之結縁空シカラ不ル事（「常不軽菩薩品」）
巻第三―一　癲狂人ノ利口ノ事（「妙荘厳王本事品」）
同八　栂尾上人ノ物語ノ事（「方便品」、「譬喩品」、「提婆達多品」）
巻第四―一　無言上人ノ事（「安楽行品」）
同九　道心タラム人執心ノゾクベキ事（「方便品」）
巻第五（本）―四　慈心アル者鬼病ヲ免タル事（「方便品」）
巻第五（末）―九　哀傷ノ歌ノ事（「方便品」）
同一〇　権化ノ和歌ヲ翫ビ給フ事（「序品」）
巻第六―五　長説法ノ事（「安楽行品」）
同一四　嵯峨ノ説法ノ事（「譬喩品」）
巻第七―二五　失世房ノ事（「序品」、「譬喩品」）
巻第八―二三　歯取ラル丶事（「観世音菩薩普門品」）
巻第九―一　正直ノ女人ノ事（「如来寿量品」）
巻第十（本）―二　吉野執行遁世ノ事（「妙荘厳王本事品」）

同四　俗士遁世シタル事（「提婆達多品」）

巻第十（末）―二　諸宗ノ旨ヲ自得シタル事（「方便品」）

説話文学と『法華経』のかかわりを見てきましたが、説話文学の出発点が仏教説話であり、編者の求道心にあったと推測されることからも、仏教の究極が『法華経』の精神であるからには、説話文学と『法華経』のかかわりは密接であるといえます。

平安後期から中世期にかけて、特に盛んであったという説話文学の現象は、その時期が、仏教史で説く〈末法〉という時代であったことの反映でもあるのです。

第二章　和歌文学と『法華経』

一　仏教を題材にした和歌

仏教に関したことがらを題材にした歌を、〈釈教歌〉といいます。釈教とは釈尊の教えの意で、すなわち仏教のことです。

釈教歌に相当する歌は、『万葉集』や『古今和歌集』にも見られますが、和歌の分類の一つとして意識され、〈部立〉として用いられるようになったのは、『源氏物語』が書かれた頃からです。勅撰和歌集では、『拾遺和歌集』（一〇〇七年ごろ）巻第二十「哀傷」部に釈教歌に相当する歌が十五首、『後拾遺和歌集』（一〇八六年）巻第二十、「雑歌六」部の〈釈教〉という分類のもとに、十九首の釈教歌が収められています。

また個人の歌集である私家集では、『赤染衛門集』（十一世紀）に「法花経の心をよみし」と題して、「序品」から「普賢品」までの〈法華経二十八品和歌〉二十八首が収められており、『前大納言公任卿集』（十一世紀）にも、同様に「序品」から「普賢品」までの二十八首が収められています。

〈部立〉として確立するのは、勅撰和歌集では『千載和歌集』（一一八七年）から、私家集では『別本赤染衛門集』（桂宮本叢書）からです。前者においては、巻第十九「釈教」部の五十四首、後者においては、「仏事」部の六十九首として収められています。

「仏事」という分類は、勅撰和歌集の〈部立〉には見られないのですが、『和漢朗詠集』（十一世紀）などの、和文漢文の詩歌集での小分類として用いられています。むしろ漢詩集などに見られる「梵門」の分類に相当するのが、詩歌集における「釈教」の部立かと思います。

二　〈部立〉以前の仏教歌

(1)　『万葉集』の『法華経』歌

『万葉集』の中から、『法華経』をふまえた題詞や和歌をさぐってみましょう。巻第五、七九四番歌の題詞は次のように記されています。

蓋し聞く、四生の起滅は夢の皆空しきがごとく、三界の漂流は環のやまぬがごとし。〈中略〉愛河の波浪はすでにきえ、苦海の煩悩もまた結ぼほるといふことなし。むかしよりこの穢土を厭離す。本願をもちて生をその浄刹によせむ（聞くところによれば、あらゆる生物の生死は、夢が全くはかないのと同じであり、欲界・色界・無色界の三界の輪廻は、腕輪の終わりがないのと同じだと申します〈中略〉愛欲の川波は消え、妻は亡くなってしまったが、煩悩

の海も渡り終えないでおります。昔からこの穢土を厭離したいと思っていた本願通りに、あの浄土に命を寄せたいのです）

これは、遣唐使の経験があり、仏典などによる外来の思想に造詣が深かった山上憶良の文章ですが、「苦海の煩悩」や「穢土を厭離す」は、法華経をふまえた記述であると思われます。前者は、「如来寿量品」の「我見諸衆生、没在於苦海（われ諸の衆生を見るに、苦海に没在せり〈(下)三〇頁〉）」の文に、後者は、「随喜功徳品」の「世皆不牢固、如水沫泡焔、汝等感応当、疾生厭離心（世は皆、牢固ならざること、水の沫・泡・焔の如し。汝等よ、ことごとくまさに、疾く厭離の心をおこすべし〈(下)八四頁〉）」の文に拠っているのでしょう。

造東大寺長官を歴任した市原王（天智天皇の玄孫）の和歌に次の一首があります。

頂にきすめる玉は二つ無しかにもかくにも君がまにまに（巻第三、四一二番歌）

（頭上に蔵する玉は一つしかありません。その大切な玉を、あなたの思いのままになさってください）

「安楽行品」の次の句に拠った表現です。

唯髻中明珠、不以与之、所以者何、独王頂上、有此一珠（唯、髻の中の明珠のみは、もってこれを与えざるなり。所以は何ん。独り、王のみの頂きに、この一つの珠あり〈（中）二七〇頁〉）

この上ない、最高の仏法にも譬えられる大切な玉、すなわち素晴しい女性をお任せしましょう、という歌なのでしょう。

俗に流されている嫌いがないでもありませんが、それだけ、法華経の文々句々は、当時の皇族や貴族や知識人の心に受けとめられていた証しでもあるのです。

(2)　平安朝前期の『法華経』歌

天台仏教の開宗にともない、『法華経』をふまえた歌が詠まれるようになりました。

最澄（伝教大師）や慈覚大師の詠んだ『法華経』歌が、中世の勅撰和歌集に収められています。

三つの河一つの海となる時は舎利弗のみぞまづ渡りける（『続古今和歌集』〈一二六五年〉七五三番歌）伝教大師

雲しきてふる春雨はわかねども秋のかきねはおのが色々（同前、七五六番歌）慈覚大師

前者は『法華経』「方便品」の〈開三顕一〉の法理をふまえたもので、後者は「薬草喩品」の〈草木の喩え〉に拠ったものでしょう。

それぞれの経文を、次に示すことにします。

①我有方便力、開示三乗法、一切諸世尊、皆説一乗道（我に方便力ありて、三乗の法を開示す。一切の諸々の世尊も皆、一乗の道を説きたもう〈(上) 一一〇頁〉）

②靉靆垂布〈中略〉其雨普等、四方俱下〈中略〉卉木薬草、大小諸樹〈中略〉雨之所潤、無不豊足（たなびく雲は垂れしきて〈中略〉その雨は普く等しく、四方にともに降り〈中略〉草木・薬草と大小の諸々の樹と〈中略〉雨の潤す所、豊足せずということなし〈(上) 二七四頁〉）

『万葉集』における部立（分類）は、内容の面からは、①雑歌、②相聞歌、③挽歌の三種でした。

死を主題とした「挽歌」は、『古今和歌集』以降の「哀傷」の部立につながり、この「哀傷」

の中に、〈釈教〉の歌群が収められ、後になって、「釈教」の部立として独立します。

『古今和歌集』には、「哀傷」にも後の「釈教」にも属さない『法華経』歌風のものが見られます。

はちす葉のにごりにしまぬ心もてなにかは露をたまとあざむく（巻第三、一六五番歌）

僧正遍昭の、夏の自然を読んだ歌ですが、対象が〈はちすの露〉であるので、仏教的表現が感じとれます。

「はちす」は〈蓮華〉のことであり、「にごりにしまぬ」清浄な花とされています。法華経の正式の名称が『妙法蓮華経』であることを思うとき、『法華経』が有する〈清浄〉のイメージは、やはり漢訳の〈蓮華〉に起因するものと思われます。

この歌は、『法華経』「従地涌出品」の次の偈文に拠っています。

善学菩薩道、不染世間法、如蓮華在水（善く菩薩の道を学びて、世間の法に染まらざること、蓮華の水に在るが如し〈(中）三一八頁〉）

僧正である人の歌ということもあり、仏教の教典の句が引かれたのでしょう。

(3)　平安朝中期の『法華経』歌

三番目の勅撰和歌集である『拾遺和歌集』になりますと、部立はなくても、『法華経』歌に相当する歌が、七首見られます。

世の中にうしのくるまのなかりせばおもひのいへをいかでいでまし（巻第二十、一三三一番歌）

『法華経』「譬喩品」に説かれる「大白牛車」の教えをふまえた歌で、経典には次のように記されています。

如彼諸子、為求牛車、出於火宅（彼の諸子の、牛車を求めんがために、火宅を出ずるが如し〈(上) 一七八頁〉）

ごうつくすみたらし河のかめなればのりのうき木にあはぬなりけり（同前、一三三七番歌）

「妙荘厳王本事品」に説かれる〈一眼の亀〉の教えをふまえた歌で、経典には次のように記されています。

仏難得値、〈中略〉如一眼之亀、値浮木孔（仏にあいたてまつることを得ること難きこと、〈中略〉一眼の亀の、浮木のあなにあうが如ければなり〈(下)二九八頁〉）

①いつしかときみにとおもひしわかなをばのりのためにぞけふはつみつる（同前、一三三八番歌）

②たき木こることはきのふにつきにしをいざをの、えはこ、にくたさん（同前、一三三九番歌）

③ほけきやうをわがえしことはたきゞこりなつみ水くみつかへてぞえし（同前、一三四六番歌）

これらの三首は、いずれも「提婆達多品」に説かれる〈阿私仙〉をめぐる教えをふまえた歌で、①は「採菓」、②は「拾薪」、③は「採菓汲水、拾薪」の経文に拠っています。経典には次のように記されています。

即随仙人、供給所須、採菓汲水、拾薪設食（即ち仙人に随って、もとむる所を供給して、こ

のみを採り、水を汲み、薪を拾い、食を設く〈(中)二〇六頁〉

③の歌の詠み人は大僧正行基で、『袋草子』(一一五七年ごろ、藤原清輔)には、行基が文殊師利菩薩の化身であるという説話が記されています。

けふよりは露のいのちもをしからずはちすのうへのたまとちぎれば(同前、一三四〇番歌)

「如来寿量品」に説かれる〈不惜身命〉の教えをふまえた歌で、経典には次のように記されています。

一心欲見仏、不自惜身命、時我及衆僧、倶出霊鷲山(一心に仏を見たてまつらんと欲して、自ら身命を惜まざれば、時にわれ及び衆僧は、ともに霊鷲山に出ずるなり〈(下)三〇頁〉

くらきよりくらき道にぞいりぬべきはるかにてらせやまのはの月(同前、一三四二番歌)

有名な女流歌人である和泉式部が詠んだ歌で、「化城喩品」に説かれる教えをふまえています。

衆生常苦悩、盲冥無導師〈中略〉従冥入於冥、永不聞仏名（衆生は常に苦悩し、盲冥にして導師なく〈中略〉冥きより冥きに入りて、永く仏の名を聞かざりしなり〈（中）二〇頁〉）

四番目の勅撰和歌集である『後拾遺和歌集』になりますと、「雑六」（雑歌その六）の部立の中に、〈釈教〉と題された歌が十九首見られます。

その中の七首ほどが法華経の教えをふまえた歌です。

ころもなるたまともかけてしらざりきゑひさめてこそうれしかりけれ（巻第二十、一一九六番歌）

紫式部などと同時代の赤染衛門の歌で、「五百弟子受記品」に説かれる〈衣裏珠の譬〉をふまえたものです。

以無価宝珠、繋著内衣裏、黙与而捨去、時臥不覚知、〈中略〉今仏覚悟我、〈中略〉身心遍歓喜（無価の宝珠をもって、内衣の裏に繋著し、黙して与えおいて去るに、時に臥して覚知せざりしなり。〈中略〉今、仏は我を目覚めしめて、〈中略〉身心は遍く歓喜せり〈（中）一

一八～一二二〇頁〉）

わしの山へだつる雲やふかゝらんつねにすむなる月をみぬ哉（同前、一一九七番歌）

「如来寿量品」に説かれる、〈常在霊鷲山〉や〈雖近而不見〉の経文をふまえた歌で、信仰心厚い女性が詠んだものです。

我常住於此、〈中略〉顚倒衆生、雖近而不見、〈中略〉常在霊鷲山、及余諸住処（我は常にここに住すれども、〈中略〉顚倒の衆生は、近しといえども、我を見ることはない。〈中略〉常に霊鷲山および余の諸の住処に在るなり〈（下）三〇～三二頁〉）

五番目の勅撰和歌集である『金葉和歌集』には、八首ほどの『法華経』歌が見られます。詠み人の殆どが僧侶ですが、一首だけ在俗の人の歌があります。

けふぞしるわしのたかねにてる月を谷川くみし人のかげとは（巻第十、六七八番歌）

「わしのたかね」とは霊鷲山のことでしょう。「月」は釈尊のことかも知れません。「谷川くみし人」が、阿私仙人に仕えた過去世の釈尊であり、この歌は、「提婆達多品」の教えをふまえているのです。

王聞仙言、歓喜踊躍、即随仙人、供給所須、採菓汲水、拾薪設食（王は仙人の言葉を聞き、歓喜し、踊躍し、即ち仙人に随って、もとめる所を供給して、このみを採り、水を汲み、薪を拾い、食を設け〈（中）二〇六頁〉）

六番目の『詞花和歌集』の『法華経』歌を見てみましょう。四首ほどの『法華経』歌が見られますが、〈願成仏道〉の心を詠んだ歌を紹介しましょう。

いかでわがこころの月をあらはしてやみにまどへる人をてらさん（巻第十、四一〇番歌）

撰者でもあり、『百人一首』の詠み人でも知られる藤原顕輔の歌で、次に示す「安楽行品」の教えをふまえたものでしょう。

但一心念、説法因縁、願成仏道、令衆亦爾、是則大利、安楽供養（但一心に、説法の因縁をもって、願わくは仏道を成じて、衆をしてまた、しかならしめん、とのみおもえ。これ則ち、

大利ある安楽の供養なり〈(中) 二六〇頁〉

三 「釈教」部立の成立

七番目の『千載和歌集』に至って、初めて「釈教」の部立が成立しました。撰者は、仏教に造詣の深かった藤原俊成です。彼の師匠格であった源俊頼(『金葉和歌集』の撰者)も、深く仏門に帰依していた人です。

俊成には『長秋詠藻』、俊頼には『散木奇歌集』の私家集がありますが、それらには多くの『法華経』歌が収められています。後にまた触れることにします。

俊成の歌道仏道一如観は、『千載和歌集』の序文に明らかです。

そも〳〵此歌の道をまなぶることをいふに、から国、日のもとのひろきふみのみちをもまなびず、しかのその、わしの峰のふかき御のりをさとるにしもあらず、たゞかなのよそぢあまりなゝもじのうちをいでずして、心におもふ事を詞にまかせていひつらぬるならひなるがゆゑにこそ、みそもじあまりひともじをだによみつらねつるものは、いづも八雲のそこをしのぎ、しきしまのやまとみことのさかひに入過にたりとのみ思へるなるべし(『八代集抄』下巻〈有精堂〉三〇七頁)

和歌の道を学ぶことは、唐土の詩文、本朝の散文を学び、更には仏道を悟るほどの修行が大切であると説いています。

『千載和歌集』成立の十年ほど前に出家した釈阿（俊成の号）らしい言葉です。

こうして、巻第十九の〈釈教歌〉五十四首が収められるに至ったのです。

その中の二十首ほどが『法華経』歌です。

ちかひをば千ひろの海にたとふ也露もたのまばかずにいりなん（一二二三番歌、崇徳院）

「観世音菩薩普門品」の〈弘誓深如海〉の教えを詠んだ歌です。

弘誓深如海、歴劫不思議、〈中略〉心念不空過、能滅諸有苦（おおいなる誓いの深きこと海の如く、劫をふるとも思議しえざらん。〈中略〉心に念じて空しく過ごさざれば、能くあらゆる苦を滅せん〈（下）二六〇頁〉）

さらに又花ぞちりしくわしの山のりのむしろの暮がたのそら（一二四三番歌、藤原俊成）

「普賢菩薩勧発品」の初めに説かれる〈宝蓮華〉の教説をふまえた歌です。

爾時普賢菩薩〈中略〉従東方来、所経諸国、普皆震動、雨宝蓮華、作無量百千万億、種種伎楽（その時、普賢菩薩、〈中略〉東方より来たれり。経たる所の諸国は、普ねく皆震動し、宝の蓮華をふらし、無量百千万億の種種の伎楽をなせり〈(下) 三一六頁〉）

〈八代集〉最後の勅撰集は、鎌倉時代に入ってから成立した『新古今和歌集』です。「新しい古今和歌集」の意義で編集された最高の勅撰和歌集といえます。

撰者は、藤原定家を初めとして、最多の六人から構成されています。

巻第二十が「釈教」の部立で、六十三首が収められています。

その中の十七首が『法華経』歌です。

うきもなほむかしのゆゑと思はずばいかにこのよをうらみはてまし（一九六六番歌、二条院讃岐）

「方便品」で説かれる〈十如是〉の如是報をテーマにして詠んだ歌で、次の経文をふまえたものでしょう。

所謂諸法、如是相、如是性、如是体、如是力、如是作、如是因、如是縁、如是果、如是報、如是本末究竟等（謂う所は、諸法の是くの如き相と、是くの如き性と、是くの如き体と、是くの如き力と、是くの如き作と、是くの如き因と、是くの如き縁と、是くの如き果と、是くの如き報と、是くの如き本末究竟等となり〈（上）六八頁〉）

この歌の作者が、『百人一首』に収められた「わが袖は」の詠み人であることを思えば、ここに詠まれている「うき」や「うらみ」は、〈恋〉にからんだ思いかも知れません。

あふ事をいづくにてとかちぎるべきうき身のゆかんかたをしらねば（一九七一番歌、選子内親王）

『発心和歌集』（一〇一二年）の作者で知られる内親王は、〈天暦の治〉で名高い村上天皇の皇女です。

この歌は「観世音菩薩普門品」の〈種種諸悪趣〉の経文をふまえたものです。

十方諸国土、無刹不現身、種種諸悪趣、地獄鬼畜生、生老病死苦、以漸悉令滅（十方の諸の

歌集 / 法華経	古今集	後撰集	拾遺集	後拾遺集	金葉集	詞花集	千載集	新古今集	八代集
序　　品				1			1	2	4
方　便　品							1	2	3
譬　喩　品			1	1					2
信　解　品						1	2		3
薬草喩品							1		1
授　記　品							1		1
化城喩品			1	2				1	4
五百弟子品				1	2		1	2	6
人　記　品									0
法　師　品							1	1	2
宝　塔　品									0
提　婆　品			3		3		2	1	9
勧　持　品							2	2	4
安楽行品						2			2
涌　出　品	1				1				2
寿　量　品			1	1		1	2	2	7
分別功徳品								1	1
随喜功徳品									0
法師功徳品									0
不　軽　品					1				1
神　力　品							1		1
嘱　累　品									0
薬　王　品					1		1	1	3
妙　音　品									0
普　門　品				1			1	2	4
陀羅尼品							1		1
妙荘厳王品			1						1
普　賢　品							2		2
法華経歌数	1	0	7	7	8	4	20	17	64
釈教歌総数	7	0	23	19	26	8	54	63	200

国土に、刹として身を現わさざること無けん。種種の諸の悪趣と、地獄・鬼・畜生と、生老病死との苦も、以って漸く悉く滅せしめん〈(下) 二六四頁〉)

〈四悪趣〉を超えた境涯で、後の世に再会したい思いが、詠歌の背後に感じとれます。

『古今和歌集』(九〇五年) から『新古今和歌集』(一二〇五年) に至る〈八代集〉の『法華経』歌について、そのあらましを前頁の表に示すことにします。

『古今和歌集』と『後撰和歌集』には、いわゆる〈釈教歌〉は見当たりません。広い意味での仏教思想をふまえたと思われる歌が数首ほど数えられますが、比較的明確なかたちのものとしては、前に示した『古今和歌集』の一六五番歌ぐらいなものです。

『千載和歌集』と『新古今和歌集』に『法華経』歌が多いのは、時代背景ということもありますが、やはり「釈教」という部立を表面的に出した藤原俊成の存在が大きかったと思われます。

経文の面から見ますと、「提婆達多品」の人気が高く、次いで「如来寿量品」と「五百弟子受記品」が多数を占めています。

「五百弟子受記品」の多いのが目立ちますが、〈衣裏珠の譬〉がよく詠まれています。〈釈教歌〉全体の約三分の一が『法華経』歌であったことは、経典としては最も多く、当時における『法華経』受容の実態を示しているといえましょう。

四　〈十三代集〉の『法華経』歌

〈八代集〉に対して、鎌倉時代の『新勅撰和歌集』（一二三五年）から、室町時代の『新続古今和歌集』（一四三九年）に至る、約二百年間に編纂された勅撰和歌集が〈十三代集〉です。〈十三代集〉には全て「釈教」の部立があり、歌数は九七一首で全歌数の約四パーセントにあたります。更にその四分の一あまりの二四六首ほどが、『法華経』歌であると思われます。

そのあらましを次頁の表に示すことにします。

歌集別に見ますと、『玉葉和歌集』が最も多く『法華経』歌を収め、次いで『続千載和歌集』と『風雅和歌集』、その次に『新後撰和歌集』と『続拾遺和歌集』と『新続古今和歌集』の順になります。『玉葉集』と『風雅集』は、その名が示すように、従来の歌風を超えた新しさを意図した革新の歌集です。

次に、『法華経』の品別に見ますと、「如来寿量品」が最も多く、次いで「方便品」と「五百弟子受記品」が続きます。

「五百弟子受記品」が多いのは、いわゆる〈衣裏珠の譬〉の教えが人々に親しまれていたからだと思われます。

〈八代集〉においては最も多かった「提婆達多品」が、〈十三代集〉では六位に下がっています。

法華経＼歌集	新勅撰集	続後撰集	続古今集	続拾遺集	新後撰集	玉葉集	続千載集	続後拾遺集	風雅集	新千載集	新拾遺集	新後拾遺集	新続古今集	十三代集
序品	1		1	1		2	2	1	1		1	1	4	15
方便品	3		3	3	1	3	2	2	1	1	2	1	2	24
譬喩品	1	1			1	1	1		2	1	2		1	11
信解品			1	3	1	1	1	1	3	1			1	13
薬草喩品	1		2				1	1	3					8
授記品						2	2	1						5
化城喩品		1		1							1	1		4
五百弟子品	2	1	1	2	3	2	2			5	2	2	1	23
人記品				1		4								5
法師品			1	1	2	1		1		1			1	8
宝塔品			1	1		3						1		6
提婆品	2	1	1	1	1	2				1	1		1	11
勧持品						1	1				1			3
安楽行品	1	1	1	1	1	1	1	1		1			1	10
涌出品							1				1	1	1	4
寿量品	2	1	3	2		3	4		3	1	2		4	25
分別功徳品			3					1	1					5
随喜功徳品	1			1							1			3
法師功徳品										1				1
不軽品					1	1		1					1	4
神力品		1	1		3									5
嘱累品		1			1							2		4
薬王品	1	1				1		1	1	1	1			7
妙音品							1		1			1	1	4
普門品					1		1		1	1	1		1	6
陀羅尼品									1					1
妙荘厳王品		1			1	1	2	1	1	1		2		10
普賢品	1					1								2
開経・結経		1		2	2		1		1	3		1		11
法華経一般					2	2		1	2			1		8
法華経歌数	16	11	19	20	21	32	23	13	22	19	16	14	20	246
釈教歌総数	56	52	73	66	106	110	106	42	63	118	78	35	66	971

〈八代集〉において二位と三位の「寿量品」と「五百弟子品」が、〈十三代集〉でも上位三位に入り勅撰和歌集全体では「寿量品」が一位、「五百弟子品」が二位ということになります。

さて、〈十三代集〉の『法華経』歌は、二十八品に開経・結経を合わせた全巻に及ぶ経文をふまえた歌群です。各品毎に見てみましょう。

——開経（『無量義経』）

①春秋の花の色々にほへども種はひとつのはちすなりけり（『続後撰和歌集』巻第十、大僧正証観）

無量義者従一法生（無量義は一法より生ず〈『無量義経』「説法品」第二、『法華経一字索引』三頁〉）

——『妙法蓮華経』「序品」

②法の花今も古枝に咲きぬとはもと見し人や思ひ出づらむ（『新後拾遺和歌集』巻第十八、後嵯峨院）

以是知今仏、欲説法華経、今相如本瑞、是諸仏方便（ここをもって知りぬ、今の仏も法華経を

説かんと欲するならん。今の相はもとのしるしの如し、これ諸仏の方便なり〈(上)六四頁〉)

――「方便品」

③墨染の袖にも深く移りけりをり〳〵なるゝ花のにほひは（『続千載和歌集』巻第十、法眼親瑜）

如是諸人等、漸漸積功徳、具足大悲心、皆已成仏道（かくの如き諸の人らは、漸漸に功徳を積み、大悲心を具足して、皆已に仏道を成ず〈(上)一一四頁〉）

――「譬喩品」

④心をば三つの車のにかけしかど一つぞ法のためしには引く（『風雅和歌集』巻第十八、権僧正永縁）

初以三車、誘引諸子、然後但与大車、宝物荘厳、安穏第一（初め三車をもって諸子を誘引し、しかして後、但、大車の宝物にて荘厳せる安穏第一なるもののみを与うる〈(上)一八〇頁〉）

――「信解品」

⑤哀にぞ忘れざりける五十ぢ余ひなにやつれし姿なれども（『玉葉和歌集』巻第十九、藤原親盛）

捨父逃逝、遠到他土、周流諸国、五十余年、（父を捨てて逃逝し、遠く他土に到り、諸国にさすらうこと五十余年なり〈(上) 二四二〜二四四頁〉）

――「薬草喩品」

⑥おなじこと一味の雨のふりぬれば草木も人も仏とぞなる（『続後拾遺和歌集』巻第十九、僧都源信）

仏平等説、如一味雨（仏の平等の説は、一味の雨の如し〈(上) 二八二頁〉）

――「授記品」

⑦たね朽ちて仏の道に嫌はれし人をもすてぬ法とこそきけ（『玉葉和歌集』巻第十九、法成寺入道前摂政太政大臣）

修習一切、無上之慧、於最後身、得成為仏（一切の無上の慧を修習し、最後身において、仏となることを得ん〈(上) 三〇二頁〉）

――「化城喩品」

⑧仮そめの宿とも知らで尋ねこし迷ぞ道のしるべなりける（『新後撰和歌集』巻第九、円世法師）

故以方便力、権化作此城、汝今勤精進、当共至宝所、（故に方便力をもって、かりにこの城を化作するなり。汝は今、ねんごろに精進して、当に共に宝所に至るべし〈（中）八八頁〉）

――「五百弟子受記品」

⑨袖の上にあだに結びし白露や裏なる玉の導るべなるらむ（『新続古今和歌集』巻第八、後鳥羽院）

以無価宝珠、繋著内衣裏（無価の宝珠をもって、内衣の裏に繋著し〈（中）一一八頁〉）

――「授学無学人記品」

⑨古はおのがさまざまありしかど同じ山にぞ今はいりぬる（『続拾遺和歌集』巻第十九、少僧都源信）

是二千声聞、今於我前住、悉皆与授記、未来当成仏（この二千の声聞の、今、わが前におい

て住せるものに、悉く皆、記を与え授けん、未来に当に仏と成るべし〈(中)一三六頁〉)

――「法師品」

⑪静かなる所はやすく有りぬべし心すまさむかたのなき哉(『新千載和歌集』巻第九、権少僧都源信)

諸有能受持、妙法華経者、捨於清浄土、愍衆故生此(諸々の能く妙法華経を受持する者は、清浄の土を捨てて、衆を愍むが故に此処に生まれたるなり〈(中)一四八頁〉)

――「見宝塔品」

⑫聞く人も遥かにこれを仰げとて空にぞ法をとく声はせし(『続古今和歌集』巻第八、法性寺入道前関白太政大臣)

爾時宝塔中、出大音声、嘆言善哉善哉、釈迦牟尼世尊、能以平等大慧、教菩薩法、仏所護念、妙法華経、為大衆説、(その時、宝塔の中より大音声を出して、ほめてのたまう。「善いかな、善いかな、釈迦牟尼世尊は、能く平等の大慧、菩薩を教える法にして、仏に護念せらるるものたる妙法華経をもって、大衆のために説きたもう」〈(中)一七〇頁〉)

――「提婆達多品」

⑬何となく涙の玉やこぼれけむ峰の木のみを拾ふたもとに（『新続古今和歌集』巻第八、寂然法師）

採薪及菓蓏、随時恭敬与（薪及び木の実・草の実を採って、時に随って恭敬して与えたり〈(中) 二〇八頁〉）

――「勧持品」

⑭おほ空にわかぬ光を天雲のしばしへだつと思ひけるかな（『玉葉和歌集』巻第十九、崇徳院）

有諸無智人、悪口罵詈等、及加刀杖者、我等皆当忍（諸々の無智の人の、悪口・罵詈などし、及び刀杖を加うる者あらんも、われ等は皆、当に忍ぶべし〈(中) 二三六頁〉）

――「安楽行品」

⑮山深みまことの道に入る人は法の花をやしをりにはする（『新勅撰和歌集』巻第十、藤原盛方朝臣）

末後及為、説是法華、如王解髻、明珠与之（末後にすなわち為に、この法華を説くこと、王が髻の明珠を解きて、これを与えんが如し〈（中）二七六頁〉）

――「従地涌出品」

⑯法の花ひらくる庭の時の間に置くしら露の数ぞそひける（『新拾遺和歌集』巻第十七、前大納言資名）

仏説是時、娑婆世界、三千大千国土、地皆震裂、而於其中、有無量千万億、菩薩摩訶薩、同時涌出（仏、これを説きたもう時、娑婆世界の三千大千の国土は、地、皆、震裂してその中より、無量千万億の菩薩・摩訶薩ありて、同時に涌出せり〈（中）二八六頁〉）

――「如来寿量品」

⑰此世にて入りぬと見えし月なれど鷲の山にはすむとこそ聞け（『風雅和歌集』巻第十八、祭主輔親）

常在霊鷲山、及余諸住処（常に霊鷲山及び余の諸々の住処に在るなり〈（下）三二頁〉）

――「分別功徳品」

⑱行末も長柄の橋の朽ちずしてつくるよもなき人を渡さむ（『続古今和歌集』巻第八、よみ人しらず）

願我於未来、長寿度衆生（われ未来において、長寿にして衆生をすくわん〈(下)五四頁〉）

――「随喜功徳品」

⑲谷河の流の末をくむ人もきくはいかゞはしるしありける（『新勅撰和歌集』巻第十、皇太后宮大夫俊成）

若人於法会、得聞是経典、及至於一偈、随喜為他説、如是展転教、至於第五十、最後人獲福、今当分別之（若し人、法会において、この経典を聞くことを得て、乃至、一偈においても、随喜して他のために説き、かくの如くめぐりめぐりて教うること、第五十に至らば、最後の人の獲る福を、今まさにこれを分別すべし〈(下)八四頁〉）

――「法師功徳品」

⑳津の国や難破に生ふる善悪はいふ人からの言の葉ぞかし（『新千載和歌集』巻第九、八条院高倉）

若於大衆中、以無所畏心、説是法華経、汝聴其功徳、（若し大衆の中において、畏るる所無き心をもって、この法華経を説くものあらば、汝よ、その功徳を聴け〈（下）九〇～九二頁〉）

――「常不軽菩薩品」

㉑冬枝のこずゑは何かあだならむ枝にぞこもる花も紅葉も（『続後拾遺和歌集』巻第十九、前大僧正道昭）

不軽菩薩、能忍受之、〈中略〉得聞此経、六根清浄、神通力故、増益寿命（不軽菩薩は、能くこれを忍受せり。〈中略〉この経を聞くことを得て、六根清浄なり。神通力の故に、寿命を増益す〈（下）一四四～一四六頁〉）

――「如来神力品」

㉒さやかなる月の光のてらさずばくらき道にや独行かまし（『続後撰和歌集』巻第十、選子内親王）

舌相至梵天、身放無数光、為求仏道者、現此希有事（舌相は梵天に至り、身より無数の光を放ちて、仏道を求むる者のために、この希有の事を現わしたもう〈(下)一六〇頁〉）

――「嘱累品」

㉓忍べとて書きおく浦の藻塩草長らへてだに形見ともなれ（『新後拾遺和歌集』巻八、前大納言基良）

今以付嘱汝等、汝等応当一心、流布此法、広令増益（今、以って汝等に付嘱す。汝等よまさに一心にこの法を流布して、広く増益せしむべし〈(下)一六六頁〉）

――「薬王菩薩本事品」

㉔山桜匂ひを風にまかせてぞ花のさかりをよそにしらする（『新千載和歌集』巻第九、法印実性）

我滅度後、後五百歳中、広宣流布、於閻浮提、無令断絶（わが滅度の後、後の五百歳の中にて、閻浮提に広宣流布し、断絶せしむることなかれ〈(下)二〇六～二〇八頁〉）

――「妙音菩薩品」

㉕荒き海きびしき山の中なれど妙なる法はへだてざりけり（『新続古今和歌集』巻第八、皇太后宮大夫俊成）

諸有地獄、餓鬼、畜生、及衆難処、皆能救済、乃至於王後宮、変為女身、而説是経（あらゆる地獄・餓鬼・畜生及びもろもろの難処は皆、能く救済し、乃至、王の後宮においては、変じて女身となりて、この経を説けり〈（下）二三二頁〉）

――「観世音菩薩普門品」

㉖遂に又いかなる道に迷ふとも契りしままのしるべ忘るな（『続千載和歌集』巻第十、源兼氏朝臣）

念彼観音力、〈中略〉種種諸悪趣、地獄鬼畜生、生老病死苦、以漸悉令滅（彼の観音の力を念ぜば、〈中略〉種種の諸々の悪趣と、地獄・鬼・畜生と、生老病死との苦も、以って漸く悉く滅せしめん〈（下）二六四頁〉）

――「陀羅尼品」

㉗法まもる誓を深く立てつれば末の世迄もあせじとぞ思ふ（『風雅和歌集』巻第十八、赤染衛門）

我等亦欲擁護、読誦受持、法華経者、除其衰患（われ等も亦、法華経を読誦し、受持する者を護りて、そのわずらいを除かんと欲す〈(下)二八〇頁〉）

――「妙荘厳王本事品」

㉘此道を導べと頼む跡しあらば迷ひし闇も今日ははるけよ（『新拾遺和歌集』巻第十七、前中納言定家）

其王夫人、得諸仏集三昧、能知諸仏、秘密之蔵（その王の夫人は、諸仏集三昧を得て、能く諸仏の秘密の蔵を知れり〈(下)三〇〇頁〉）

――「普賢菩薩勧発品」

㉙見ぬ人のためとやわしの山桜ふたゝび解ける花の下ひも（『続千載和歌集』巻第十、法印成逢）

善男子、善女人、如是成就四法、於如来滅後、必得是経（善男子・善女人ありて、かくの如き四法を成就せば、如来の滅後においても必ずこの経を得ん〈(下)三二〇頁〉）

――結経（『仏説観普賢菩薩行法経』）

㉚春の夜の霞や空に晴れぬらむ朧げならぬつきのさやけさ（『新後撰和歌集』巻第九、源兼氏朝臣）

父母所生清浄常眼不断五欲而能得見諸障外事（父母所生の清浄の常の眼、五欲を断ぜずして、しかも能く諸々の障外の事を見ることを得べき〈『仏説普賢菩薩行法経』、『法華経一字索引』八三頁〉）

以上、三十首の「法華経二十八品歌」（開・結二首を含む）を見てきましたが、④は〈三車火宅〉、⑤は〈長者窮子〉、⑥は〈三草二木〉、⑧は〈化城宝処〉、⑨は〈貧人繫珠（衣裏珠）〉、⑮は〈髻中明珠〉というように、「法華経の七譬」の中の六譬をふまえた歌です。「寿量品」に説かれる、もう一つの〈良医病子の譬〉をふまえた歌も、『続千載和歌集』に見られます。

霧深き秋の深山の木のもとに言の葉のみぞ散り残りける（巻第十、前左兵衛督惟方）

この歌の詞書きに、「寿量品、作二是教一已復至二他国一」とありますので、次の経文に説かれる〈良医病子〉の話をふまえての歌ということがわかります。

汝等当知、我今衰老、死時已至、是好良薬、今留在此、汝可取服、勿憂不差、作是教已、復至他国、遣使還告、汝父已死、〈中略〉心遂醒悟、乃知此薬、色香味美、即取服之、毒病皆癒（「汝等よ、当に知るべし。われは今、衰え老いて、死の時すでに至れり。この好き良薬を今、留めてここにおく。汝よ、取りて服すべし。いえざらんことを憂うることなかれ」と。この教えをなしおわりて、また他国に至り、使を遣わして還りて告げしむ。「汝の父はすでに死せり」と。〈中略〉心は遂にめざめたり。すなわちこの薬の色・香・味のよきことを知りて、即ち取りてこれを服するに、毒の病は皆癒えたり〈（下）二六～二八頁〉）

このように、「法華経の七譬」はすべて詠まれているのです。更に、⑫には〈二処三会〉の〈虚空会〉のこと、⑬には〈悪人成仏〉のこと、⑯には〈地涌の菩薩〉のこと、㉔には〈広宣流布〉のこと、㉗には〈羅刹女〉のこと、㉘には〈浄蔵・浄眼〉のことなどが、それぞれふまえられているのがわかります。

五　私家集に見られる『法華経』歌

最澄や源信らの僧侶によって詠出された「法華経二十八品歌」は、平安中期になって貴族たちにも盛んに詠まれるようになりました。

『発心和歌集』（一〇一二年、選子内親王）や私家集の『赤染衛門集』、『前大納言公任卿集』に見られる「二十八品和歌」が代表的です。

三人の詠者がそれぞれ選んだ法華経の経文を少しばかり眺めてみましょう。

――「方便品」

①ひと度の花のかをりをしるべにてむすの仏にあひみざらめや（選子内親王）

②ときおかでいりなましかばふたつなくみつなきのりをたれひろめまし（赤染衛門）

③人ことによりてぞよゝに出でければ二も三もなき名なりけり（藤原公任）

①は、「若人散乱心、乃至以一華、供養於画像、漸見無数仏（若し人、散乱の心にて、乃至、一華を以ても、画像に供養せば、漸く無数の仏を見たてまつる〈(上)一一六頁〉）」の句をふまえた歌で、成仏の条件となる善行の例を詠っています。

②と③は、「十方仏土中、唯有一乗法、無二亦無三（十方の仏土の中には、唯、一乗の法のみありて、二も無く、三も無し〈(上)一〇六頁〉）」の句をふまえており、〈一仏乗〉の教えを詠ったものです。

――「如来寿量品」

④そのかみの心まどひの名残にて近きをみぬるぞわびしかりける（選子内親王）
⑤ありながら死ぬる気色は子のためにとめしくすりをすかすなりけり（赤染衛門）
⑥出で入ると人はみれどもよと共に鷲の峰なる月はのどけし（藤原公任）

④は、「令顚倒衆生、雖近而不見（顚倒の衆生をして、近しと雖も、しかも見ざらしむ〈(下)三〇頁〉）」の句をふまえた歌です。
⑤は、「我今衰老、死時已至、是好良薬、今留在此、汝可取服（われは今、衰え老いて、死の時すでに至れり。この好き良薬を今、留めてここにおく。汝よ、取りて服すべし〈(下)二六頁〉）」の句に説かれる〈良医病子の譬〉をふまえた歌です。
⑥は、「倶出霊鷲山（倶に霊鷲山に出ずるなり〈(下)三〇頁〉）」や「常在霊鷲山（常に霊鷲山に在るなり〈(下)三二頁〉）」の句をふまえた歌です。

この外には、藤原俊成（一一一四〜一二〇四年）の『長秋詠藻』や西行（一一一八〜一一九〇年）の『聞書集』に見られる「法華経二十八品歌」が有名です。

それらの幾つかを見てみましょう。

①迷ひける心に晴る丶月影にもとめぬ玉や袖に映りし（『長秋詠藻』四〇五番歌）

②かりそめに夜はの煙と昇りしや鷲の高ねに帰る白雲（同前、四一七番歌）

③あまのはら雲ふきはらふ風なくば出でややまむ山のはの月（『聞書集』〈『山家集』補遺、一六四五番歌〉）

④わけ入りし雪のみ山のつもりにはいちじるかりしありあけの月（同前、一六六〇番歌）

①は、「信解品」の「無上宝聚、不求自得（無上の宝聚は、求めざるに自ら得たればなり〈(上)二四二頁〉）」によったもので、②は、「如来寿量品」の「現有滅不滅（滅・不滅ありと現わすなり〈(下)三〇頁〉）」をふまえたものです。

また、③は、「方便品」の「諸仏世尊、唯以一大事因縁故、出現於世（諸々の仏・世尊は、唯、一大事の因縁をもっての故にのみ、世に出現したまえばなり〈(上) 八八頁〉)」によったもので、④は、「如来寿量品」末尾の「得入無上道、速成就仏身（無上道に入り、すみやかに仏身を成就することを得せしめん〈(下) 三六頁〉)」をふまえたものです。

こうして、「法華経二十八品歌」は、〈八代集〉の時代から〈十三代集〉の時代へと移り、慈円（一一五五～一二二五年）などに受け継がれてゆくのです。

平安時代中期以降、『法華経』歌をはじめとした多くの〈釈教歌〉が詠作されたということは、それが、仏道の修行における読誦や書写に相当するものであったからです。

〈釈教歌〉における功徳観や、和歌そのものの陀羅尼観は、仏を賛嘆する一方で、文芸と仏教の安易な結びつきをも生み出していったようです。

形式面にとどまらず、内容面からのかかわりが、文芸と宗教をつなぐ人間的感動を深めるのです。

第三章　『源氏物語』と『法華経』

一　〈雨夜の品定め〉と〈三周説法〉

『源氏物語』の作者である紫式部という人は、『法華経』に対する造詣が深く、自己の物語のここかしこに、『法華経』の文句をふまえた表現・思想を散りばめているばかりでなく、物語全体の構想や主題にまで及ぼしています。

中でも、「帚木」の巻の女性論や「蛍」の巻の物語論の構成が、『法華経』における〈三周説法〉の様式によるものであることは、中世の古注釈以来よく知られていることです。

たとえば、室町時代の中頃に著わされた『花鳥余情』（一条兼良）を見てみましょう。物語本文の「よろづの事によそへておぼせ」（「帚木」巻、『源氏物語評釈』第一巻一九八頁）の注釈として、以下のように記されています。

> 雨夜の物語はしめは女のしな心むけのよしあしきをⒶ物にもたとへすありのまゝにかきたり此段よりはⒷ又木のみちゑ所てかきこの三の芸にたとへて人のまことありいつはりある事をのふ此下段にはⒸそのはしめの事すき〳〵しくともきこえんとておの〳〵むかしありし事ともをたかひにかたり出すかくのことく三段にかきわけたること葉のつゝきひとへに法華経の三周説法のすかたをかたとれり三周とは法説一周喩説一周因縁説一周也〈中略〉この三周のすかた

いまの物語の作りさまにあひにたるなり（源氏物語古注集成―『花鳥余情』〈桜楓社〉二八頁、傍線等筆者）

三周説法の三周とは三度反復して法を説くという意味であり、衆生の機根に応じて、理解度の高い上根の相手には〈法説周〉、ほどほどの中根の相手には〈譬説周〉、理解度の低い下根の相手には〈因縁周〉の手法で説法することです。

Ⓐが〈法説周〉に相当し、法華経の「方便品」から「譬喩品」の前半までで、舎利弗等を対告衆として〈十如実相〉の法を説きます。

Ⓑが〈譬説周〉に相当し、「譬喩品」の後半から「授記品」までで、迦葉等を対告衆として〈三車火宅〉の譬えを説きます。

ⓒが〈因縁周〉に相当し、「化城喩品」から「人記品」までで、富楼那等を対告衆として〈大通智勝仏〉の因縁を説きます。

「ありのまゝ」に説くのが〈法説周〉で、「たとへて〈中略〉のふ」のが〈譬説周〉で、「むかしありし事ともを〈中略〉かた」るのが〈因縁周〉であることがわかります。

この三周説法の様式で、「帚木」の巻〈雨夜の品定め〉は展開されるのです。

五月雨の夜、光源氏・頭中将・左馬頭・藤式部丞の四人が、理想的な女性について論評します。

をんなの、これはしもと難つくまじきは、かたくもあるかな、と、やう〳〵なむ見たまへしる（『評釈』第一巻一六九頁）

頭中将（光源氏の正妻である葵上の兄、従四位上）が総評を述べます。欠点のない女性はいないと言うのです。

左馬頭（左馬寮の長官、従五位上）の次の評も総評でしょう。

今はたゞ品にもよらじ、かたちをばさらにも言はじ、いとくちをしく、ねじけがましきおぼえだになくは、たゞひとへにものまめやかに、静かなる心のおもむきならむよるべをぞ、つひの頼み所には思ひおくべかりける（同前、一八九頁）

家柄でもなく、容貌でもなく、心根の誠実な、もの静かな女性であれば合格であるというのです。まさに、「心根こそ第一」です。

ところで、結論ともいえる総評ですが、純粋な理論だけでは、それは道理の説明であって、何らのおもしろみもありませんし、わかりにくさも残されたままです。

それが譬え話として語られてこそ、理解も深まるし、興味もわくものです。

〈雨夜の品定め〉の女性論も、木工・絵画・書道の技芸にたとえて、その〈まこと〉と〈いつわり〉が展開されました。

よろづの事によそへておぼせ、①木の道のたくみの、よろづの物を、心にまかせて造り出だすも〈中略〉なほまことのものの上手は、さまことに見えわかれはべる、②又ゑ所に上手おほかれど、〈中略〉上手はいといきほひことに、わろものはおよばぬ所おほかめる、③てを書きたるにも、〈中略〉なほまことのすぢをこまやかに書きえたるは、うはべの筆きえて見ゆれど、今ひとたび取りならべて見れば、なほじちになむよりける（同前、一九八〜二〇二頁、傍線等筆者）

①の「木の道」は木工、②の「ゑ所」は絵画、③の「て」は書道のことです。いずれも、表面的でない内面の実のある本物こそすぐれているということですから、女性における内面的美しさ、心根の良さを評価した総評に重なる論評なのです。譬え話が終わった最後段階に、出席者の体験談が披露されます。これが因縁説周に相当するわけです。

(1) 左馬頭の体験談

①指食いの女——嫉妬深い女

②木枯らしの女――浮気な女
⑵頭中将の体験談
③撫子の女――内気な女
⑶藤式部丞（式部省の三等官、六位）の体験談
④蒜食いの女――賢しらする女

体験談こそ具体的であり、説話的おもしろさがあります。

そのはじめの事、すきずきしくとも申しはべらむ、とて、近く居寄れば、君も目さましたまふ（同前、二〇四頁）

左馬頭の体験談が披露される段になって、はじめて源氏は真剣に耳をかたむけるのです。それまでの源氏は、物によりかかったり、居眠りをしたりしていました。

ともあれ、体験談の中で印象深かったのは、頭中将が語る「撫子の女」の話でした。この女性こそ、〈玉鬘系物語〉（紫上系物語に並ぶ傍流・支流の物語）の原点に位置する〈夕顔君〉です。『源氏物語』のヒロイン〈紫上〉に次いで支持者が多い夕顔は、頭中将の〈問わず語り〉によって源氏の心に刻まれ、「夕顔」の巻の劇的な物語を展開するのです。

『源氏物語』正篇の両雄、源氏と頭中将に愛された女性の中で最たる存在であるといえましょう。

鎌倉時代初期に書かれたという『無名草子』という、『源氏物語』評論の部分でも、夕顔については、紫上や続篇の主人公である〈浮舟〉と並べて、「いとほしき人」として評価しています。

いとほしき人、紫の上。〈中略〉夕顔こそ、いとほしけれ。〈中略〉手習の君（浮舟のこと、筆者注）こそ、〈中略〉身を捨てたるこそいとほしけれ（『無名草子』新潮日本古典集成、三三一〜三四頁）

ところで、専ら友人の頭中将や部下の二人に女性論を語らせ、自らは殆ど話そうとしない源氏のありようは、何を意味しているのでしょうか。

物語は次のように語っています。

君は人ひとりの御ありさまを、心のうちに思ひつゞけたまふ（『評釈』第一巻、二五〇頁）

「人ひとり」とは、ただ一人の人、源氏における初恋の人であり父帝の后である〈藤壺宮〉のことです。その人のことをひたすら思い、どうすることもできない恋を思いやっていたのです。

これが寡黙の原因でした。『法華経』「序品」における仏の〈無量義処三昧〉を思わせる安らかさでした。

源氏の寡黙といえば、物語の最初の巻「桐壺」では、独立したセリフがありません。次の「帚木」でも、〈雨夜の品定め〉の段では、頭中将たち三人に短い質問をしたり、相づちを打ったりする程度で、後半の〈空蝉〉との逢瀬の段になって、積極的に物言い振る舞うようになるのです。それは、『法華経』の「方便品」で、仏が〈三昧〉より立ち上がって、積極的に説法を開始した様相を思い起こさせます。

二 「蛍」の巻における物語論と〈方便〉説

〈雨夜の品定め〉の時のように、五月雨が降り続く頃でした。源氏の大邸宅〈六条院〉に住む女君たちが、絵物語などを楽しみながら日々を過ごしていた折りに、源氏は西の対の屋に住む養女の玉鬘（頭中将と夕顔の娘）の許を訪れます。

初めは絵物語に夢中になっている玉鬘や侍女たちをからかい、「物語などは女子供の慰みものだ」などと軽い調子で話しかけていた源氏でしたが、真剣に対応する玉鬘の様子に気を取り直し、次のような物語論を展開します。

①その人の上とて、ありのまゝに言ひ出づることこそなけれ、よきもあしきも、世に経る人の有様の、見るにも飽かず、聞くにもあまることを、後の世にも言ひ伝へさせまほしき節々を、心にこめ難くて、言ひ置きはじめたるなり、よきさまに言ふとては、よき事の限えり出でて、人に従はむとては、またあしきさまのめづらしきことを取り集めたる、皆かたぐ〵につけたる、この世の外の事ならずかし（「蛍」の巻、『源氏物語評釈』第五巻三三七〜三三八頁）

②仏の、いとうるはしき心にて説き置きたまへる御法も、(A)方便といふことありて、さとりなきものは、こゝかしこたがふ疑を置きつべくなむ、方等経の中に多かれど、(B)言ひもて行けば、ひとつ旨にありて、菩提と煩悩とのへだたりなむ、この人のよきあしきばかりの事は変りける（同前、三三八頁、傍線等筆者）

③さてかゝる故言の中に、まろがやうに実法なるしれものの物語はありや、いみじく気遠き、ものの姫君も、御心のやうにつれなく、そらおぼめきしたるは世にあらじな、いざ類なき物語にして、世に伝へさせむ（同前、三四一頁）

①は、いわゆる物語本質論であり、〈三周説法〉でいえば〈法説周〉に相当します。
②は、物語世界の善悪を、仏教の〈煩悩即菩提〉の法理に譬えた、いわゆる〈譬説周〉に相当

します。

また、ここには、物語（方便）と仏教（真実）の関係性が明確に示されています。

この問題については後述します。

③は、源氏の体験に即しての論説であり、〈因縁周〉に相当するものでしょう。

さて、それでは、②に記されていた、物語（方便）と仏教（真実）の関係について考えてみることにします。

『法華経』の「方便品」で説かれた法理は、唯一仏乗（仏になること）の教法のみが、仏の真実の教えであるということで、『法華経』こそが真実の教えであり、それ以前に説法された爾前経（三乗〈菩薩・縁覚・声聞〉になること）はすべて方便の教えであるということでした。

(A)の部分には、仏の教えが方便によって説かれるので、悟りのない者は疑問を抱いてしまうと記されています。

『法華経』の「方便品」に説かれる、

> 我令脱苦縛、逮得涅槃者、仏以方便力、示以三乗教、〈中略〉仏所得法、甚深難解、有所言説、意趣難知、〈中略〉諸仏第一方便、甚深微妙、難解之法、我自昔来、未曾従仏、聞如是説、今者四衆、咸皆有疑、（われ、苦の種を脱せしめ、涅槃を逮得せしめしは、仏の方便力をもって、示すに三乗教をもって、〈中略〉仏の得たる所の法は、甚深にして解り難く、言説せし所の意趣の知り難きものありて、〈中略〉諸仏の第一方便たる甚深微妙にして解り難

き法を、われ、昔よりこのかた、未だ曾て仏よりかくの如き説を聞きたてまつらず。いま、四衆にはことごとく皆、疑あり〈「方便品」（上）七四〜七六頁〉

の経文に相当しているのでしょう。

天台智顗が解説した〈開三顕一〉の〈開三〉である三乗（声聞、縁覚、菩薩）を開いた段階です。

(B)の部分には、詮じつめれば、方便も真実の帰着するところは一つであるということ、たとえば、煩悩即菩提、善悪不二、三乗即一乗といった原理と同じであると言っているのです。〈開三顕一〉の〈顕一〉である一仏乗が顕わされたと解してよろしいでしょう。

人生における物語の位置づけが、真実と方便の関係、仏教における実教と権教の関係などの面から、明快に語られているといえます。

作中人物の善人や悪人、事件の善悪も、人間や人生の真実を証す、言語芸術としての表現であると言い切る紫式部なのです。実に見事な文学論といえましょう。

三　主人公の人生と〈方便〉説

『法華経』二十八品の中に記されている〈方便〉の語は、「方便品」の三十三例が最も多く、次いで「譬喩品」二十一例、「化城喩品」十一例、「如来寿量品」十例、「信解品」九例、「五百弟子受記品」八例と続き、全部で百十例を数えています。

これらの中で、「寿量品」を除き他の五品は所謂〈迹門〉に属し、〈迹門〉全体九十四例の多さからも、〈方便〉＝〈迹門〉のイメージは明らかです。

『法華経』の四要品にも数えられ、最も大事な章段と言われているのが、〈迹門〉の「方便品」と〈本門〉の「寿量品」です。

その「寿量品」にも数多く見られる〈方便〉説は何を意味しているのでしょうか。十例の経文は次のとおりです。

(1)如是皆以、方便分別（〈下〉一六頁）
(2)又以種種方便、説微妙法（同前）
(3)但以方便、教化衆生（一八頁）
(4)如来以是方便、教化衆生（二〇頁）
(5)是故如来、以方便説（同前）
(6)我今当設方便、令服此薬（二六頁）
(7)以方便力、言当滅度（二八頁）
(8)為度衆生故、方便現涅槃（三〇頁）
(9)以方便力故、現有滅不滅（同前）

⑽如医善方便、為治狂子故（三四頁）

これら十例の〈方便〉にあてはまる内容は、すべてが仏（その時の仏である釈尊）の〈涅槃〉（滅度・死去）のことです。

そして、仏が涅槃に入るのは、衆生を教化するためである、と説かれるのです。

もし、仏が常住不滅であるならば、横着な衆生は、真剣に仏道を求めないし、行じないからです。

〈良医病子の譬え〉にも、そのことが示されていました。毒を飲んで苦しんでいる病子に、良医の父親が良薬を飲ませようとしても、正気を失った病子は飲もうとしません。そこで父親は、薬を置いて旅に出、旅先で死んでしまったという知らせを、病子に伝えさせます。正気に戻った病子は、薬を飲み病気が治ります。

病の子を救うために、父親は〈死〉を知らせるという〈方便〉を用いたのです。衆生を救うための仏の慈悲が、涅槃という〈方便〉なのです。

ということは、裏を返せば、〈真実〉は、仏の生命が永遠であるということになります。

「如来寿量品」は、その名が示すように、如来（仏）の寿命が無量（無限）であることを意味しています。

すなわち、本来は仏の生命は永遠なのですが、衆生を教化するという慈悲深い目的のために、

〈方便〉として涅槃を現ずという、死去の姿を示すことになるのです。

それでは、『源氏物語』本文の記述について見てみましょう。〈方便〉という語は三例ばかり記されています。

①仏の、いとうるはしき心にて説き置きたまへる御法も、方便といふことありて、さとりなきものは、こゝかしこたがふ疑を置きつべくなむ（「蛍」の巻、『源氏物語評釈』第五巻、三三八頁）

②むかし、わかれを悲しびて、かばねをつゝみてあまたの年くびにかけてはべりける人も、仏の御方便にてなむ、かのかばねのふくろを捨てて、つひに聖の道にも入りはべりにける（「宿木」の巻、第十一巻、二三一〜二三三頁）

③かゝることの筋につけて、いみじうもの思ふべき宿世なりけり、さまことに心ざしたりし身の、思ひのほかに、かく例の人にてながらふるを、仏などもにくしと見たまふにや、人の心をおこさせむとて、仏のしたまふ方便は、慈悲をも隠して、かやうにこそはあなれ（「蜻蛉」の巻、第十二巻、二二〇〜二二二頁）

①については前節で述べました。

②と③の〈方便〉は、いずれも〈仏〉の行う方便ですから、衆生を〈真実〉の道へ誘う手立てのことです。

②は「聖の道」であり、③は「人の心をおこさせむ」ことです。「聖の道」が仏道で、「人の心」が道心であると解すことができます。

これらは、『源氏物語』後半部（実際は終段十巻の「宇治十帖」）の主人公である〈薫の君〉をめぐる物語の内容です。

②の方は、薫と〈宇治の阿闍梨〉（薫が仏教の師と仰いだ宇治の八宮の法の師）とのやりとりであり、故人となった八宮の住まいを改築しようと計画する薫が、八宮や恋人の〈大君〉（八宮の長女）も亡くなり、彼ら父娘との死別を悲しんでいたので、阿闍梨が薫を慰め、告げた言葉です。

昔、同じように死別の悲しみに遭った人が、仏の方便によって仏道を志すようになったという内容です。

③の方は、大君に死なれた薫が、大君の異母妹にあたる〈浮舟〉を愛するようになるのですが、浮舟は薫の友人である〈匂宮〉と間違いを犯し、入水を決意し、未遂のまま倒れてしまいます。

浮舟死去と伝え聞いてしまった薫は、自分の宿命が悲しみの人生であるのは、自分に道心を起こさせようとしての、仏の方便であると思うという内容です。

どちらも、薫の悲劇の人生は、仏による方便である、という図式において共通しています。

衆生を教化する仏の方便と解釈できる記述が、薫をめぐる物語に二例ほど見られます。

一つは、大君が死去した折りの記述で、もう一つは、浮舟が死去したと思っている段の記述です。

㋐世の中をことさらにいとひはなれねと、すゝめたまふ仏などの、いとかくいみじきものは思はせたまふにやあらむ、見るまゝに物かくれ行くやうにて、消えはてたまひぬるは、いみじきわざかな（「総角」の巻、第十巻五〇八頁）

㋑はかなき世のありさまとりかさねて思ひたまへしに、ことさら道心を起すべく作りおきたりける、ひじりの住みかとなむおぼえはべりし（「手習」の巻、第十二巻五三二頁）

前者は、目の前で死んでしまった大君との宿縁に対しての感慨で、後者は、伝え聞いた浮舟の死を思いやっての感懐です。

薫を悲しみの底に追いやったのは、仏の道を教示し、真実の人生へと導く、仏の方便であると解されます。

それが、〈出家〉であれ、〈発心〉であれ、悩める衆生の救いに繋がるといえましょう。

「なべて世のありさまを思ひたまへつゞけはべるに、悲しくなむ」（「蜻蛉」の巻、第十二巻二三〇頁）という記述も、㋐や㋑に結びつく薫の思惟であり心境です。

仏が定めた方便としての憂さや悲しみといった人生認識は、『源氏物語』全帖の主人公である〈光源氏〉の場合にもあてはまります。

①人には異なりける身ながら、いはけなきほどより、悲しく常なき世を思ひ知るべく、仏などのすゝめたまひける身を、心強く過ぐして、つひに来し方行く先もためしあらじとおぼゆる悲しさを見つるかな（「御法」の巻、第九巻九七頁）

②この世につけては、あかず思ふべき事をさ〳〵あるまじう、高き身には生まれながら、また人より異に、くちをしき契にもありけるかな、と、思ふこと絶えず、世のはかなく憂きを知らすべく、仏などの掟てたまへる身なるべし、それをしひて知らぬ顔にながらふれば、かく今はのゆふべ近きすゑに、いみじき事のとぢめを見つ（「幻」の巻、第九巻一一六頁）

①は、最愛の妻である〈紫上〉に死なれた源氏が、自分の生涯を思いめぐらす段で、三歳で母親を失い、今また八歳も年下の妻に先立たれた不幸を、この世の無常を悟らせようとの、仏の定めた方便であるというのです。

「人には異なりける身」という特別の存在であるだけに、この主人公の思惟には重みがあると思います。

②の記述も、基本的には①を受ける総括で、何らの不足もないほど、恵まれた身分に生まれ、あらゆる才能にも秀でていた源氏が、晩年になって最大の悲しみを味わうことになったのは、仏が前もって定めていた方便であるというのです。

ここでも、「人より異に」の記述があり、特別な存在である故の、特別の悲しい宿命、それこそが源氏に課せられた、真実の人生への道程である〈方便〉であるといえるでしょう。

このように、物語全体の主人公である光源氏も、また続篇「宇治十帖」の主人公である薫も、仏が真実の道に目覚めさせようとして、方便に相当する人生（桐壺更衣や紫上、大君や浮舟らをめぐる愛執の人生）を生かされている、ととらえることができます。

両主人公のありようは、『法華経』「寿量品」の〈良医病子の譬〉を想起させます。源氏も薫も〈病子〉であり、煩悩の人、無明の人です。

おおくの論者が指摘しているように、光源氏物語の最終巻「幻」に記された光源氏の歌は、

死出の山こえにし人を慕ふとてあとを見つゝもなほまどふかな（同前、一七六～一七七頁）

で、薫物語の最終巻「夢浮橋」記された薫の歌は、

のりの師とたづぬる道をしるべにて思はぬ山に踏みまどふかな（第十二巻五八〇頁）

です。

どちらも結びが「まどふかな」であり、彼らの人生が悟りや救いそれ自体を描いていないことを示しています。真実の道を模索しての、方便としての〈愛執〉という苦難の人生が展開されているという図式のようです。

主人公たちの人生を、そのようなものとしてとらえていた、紫式部という作者は、やはり天才の一人というほかありません。

人間の業の深さといったものは、安易な宗教・信仰などでは解決のつかないことがらなのです。式部にとっても、業の深さを明らかに示すだけで精一杯でした。

主人公の人生が煩悩・無明の闇をさすらい、作者が彼らを救いきっていないからといって、この物語が低いレベルの作品であるということにはなりません。

『源氏物語』を「地獄の文学」と解したのは梅原猛氏（『地獄の思想』〈中公新書〉）でしたが、言うまでもなく、この作品のレベルの〈地獄〉性を論じているのではありません。

善人や善行の物語が良い作品、悪人や悪事の物語が悪い作品である、などと言えないことは自明の理です。

大事なのは、善人であれ悪人であれ善行であれ悪事であれ、いかに感動的に表現されているかにかかっているのです。

その面では、前に述べてきた「蛍」の巻の物語論が証明していることです。

③よきもあしきも、世に経る人の有様の、見るにも飽かず、聞くにもあまることを、後の世にも言ひ伝へさせまほしき節々を、心にこめ難くて、言ひ置きはじめたるなり（第五巻、三三七～三三八頁）

人間に対する感動が、物語制作の原点なのです。その感動を読者に伝えたいのです。

源氏や薫の〈愛執〉の姿は、称賛に値する人生ではないでしょうが、亡き紫上や大君、あるいは出家落飾の浮舟にかかずらう生きざまは、人生の真実であり、その真実性が感動を生み出しているのです。

勿論、ここに述べる〈真実〉は、前に触れた、〈方便〉に対する〈真実〉の意味と同じではありません。敢えて図式的にとらえれば、物語などの真実性は〈現実的真実〉で、〈方便〉に対する〈真実〉は〈理想的真実〉ということも可能です。

もし、〈煩悩即菩提〉の原理で考えてみるならば、〈愛執〉は言うまでもなく〈煩悩〉であり、紫上や大君や浮舟への思いが、静かな懐かしさ・愛おしさに変転することによって、〈菩提〉へと昇華されるといえるでしょう。これが煩悩即菩提・無明即法性の意味であり、決して、逃避や忘却することではない筈です。

〈愛別離苦〉という煩悩の人生を生きた源氏や薫の悲劇は、仏教とのかかわりにおいて鑑賞した場合に、衆生を真実の世界に導くための、方便の人生であったと見取れるのです。

ところで、『源氏物語』の場合、こうした煩悩の人、無明の人である主人公が、一方で仏のような人、と称賛されていることは、非常に興味深いことです。

たとえば、両主人公の呼称である「光」と「薫」は、仏の属性の一つと考えられます。『無量義経』「徳行品」に説かれている〈仏〉の相好である「毫相月旋項日光」（『法華経一字索引』〈東洋哲学研究所〉二頁）を始めとして、『法華経』「序品」には、〈放光〉や〈光照〉や〈現光〉といった記述が十二例ほど見られます。〈仏〉の働きが「光」であるというのです。

『法華経』「薬王品」には、「是人現世口中、常出青蓮華香、身毛孔中、常出牛頭栴檀之香（この人、現世に口の中より常に青蓮華の香を出し、身の毛孔の中より常に牛頭栴檀の香を出さん〈(下) 二〇六頁〉)」とありますが、これは仏の〈八十種好〉にあてはまる相好といわれています。

また、「見宝塔品」には、次のように記されています。


仏座其上、光明厳飾、如夜闇中、燃大炬火、身出妙香、遍十方国、衆生蒙薫、喜不自勝（仏は、その上に座したまいて、光明にて飾ること、夜の闇の中に、大いなる炬火をともせるが如し。身より妙香を出して、十方の国に遍じたもうに、衆生は薫りを蒙りて、喜びに自らたえず〈(中) 一九二頁〉)

光明の存在で、妙香をもって衆生を薫らせる〈仏〉の特性がうかがわれます。

光り輝き、芳香を漂わす存在と働きが、〈仏〉であるといえるのです。
それは、〈光り〉で闇を照らし、その闇を〈薫り〉でつつむことでもあるのです。
源氏や薫が〈仏〉に譬えられているのは、以下のような記述にも見られます。

④詠などしたまへるは、これや仏の御迦陵頻伽の声ならむと聞ゆ（「紅葉賀」の巻、第二巻二五一頁）

⑤仏菩薩の変化の身にこそものしたまふめれ、五つのにごり深き世になどて生まれたまひけむ（「蓬生」の巻、第三巻三九八～四〇〇頁）

⑥いとこの世の人とは造り出でざりける、かりに宿れるかとも見ゆること添ひたまへり（「匂宮」の巻、第九巻二二三頁）

⑦薬王品などに取りわきて宣たまへる、牛頭栴檀とかや〈中略〉まづかの殿の近くふるまひたまへば、仏はまことしたまひけり、とこそおぼゆれ（「東屋」の巻、第十一巻三七三頁）

④は、桐壺帝の行幸二日前に行われた試楽での、源氏の歌舞のさまを描いた段です。

従兄でもあり友人でもあり義兄でもある〈頭中将〉と二人で「青海波」を舞ったのですが、舞の中で詩句を吟詠する源氏の声が、仏が説法する声に似ているというのです。

「御迦陵頻伽の声」については、『法華経』の「化城喩品」や「法師功徳品」に記述が見られます。

「化城喩品」の〈聖主偈〉には、仏に対して、「聖主天中天、迦陵頻伽声、哀愍衆生者〈聖主・天中天よ、迦陵頻伽の声ありて、衆生を哀愍したもう者〉」（(中) 三六頁）と説かれています。

なお、〈迦陵頻伽〉とは、ヒマラヤ山中に棲む美声の鳥のことで、仏の音声が勝妙であるのを、この鳥の鳴き声の美しさに喩えています。

⑤は、源氏主催の桐壺院追善の〈法華八講〉に参列した、〈末摘花〉の兄である〈禅師〉の源氏礼賛です。源氏は〈仏〉の生まれ変わりであると評されているのです。

〈五つのにごり〉(五濁) については、「方便品」に次のように説かれています。

諸仏出於、五濁悪世（諸仏は、五濁の悪世に出でたもう〈(上) 九八頁〉）

⑥は、続篇最初の巻の記述で、主人公の薫が紹介されている段です。

正篇の主人公である源氏との比較で、薫の恵まれた環境は、前世からの定めであるといっています。

その定めとは、この世の人には似ないで、仏が仮りに人間になったのかと思われるほど素晴しいというのです。

⑦の記述も薫評で、〈中君〉の侍女たちが賞賛している文章です。

前に触れた『法華経』「薬王品」の経文をふまえた記述になっています。

このように、『源氏物語』の主人公は、〈仏〉であり、超人的な存在であると同時に、〈方便〉としての愛執に生き、真実の道を求めつつある〈求道者〉として描かれています。

源氏が造営した〈六条院〉が「仏の国」（「匂宮」の巻、第九巻二三九頁）と称えられ、釈尊の子である羅睺羅（「匂宮」の巻本文には、「ぜんげうたいし」〈同前二一六頁〉とあり、他系統の〈河内本〉の本文には「くいたいし」とありますが、「くいたいし〈嬰夷太子〉」は「羅睺羅」のことです）の苦悩を、我が身に体しようとしているのが薫なのです。

四　ヒロインの人物像と『法華経』

『源氏物語』全体のヒロインは〈紫上〉です。〈藤壺中宮〉や〈明石御方〉の存在も大きいのですが、質量ともに紫上といってよいでしょう。

続篇「宇治十帖」の場合は、一人に定めることはむずかしく、〈大君〉や〈中君〉の役割も重要ですが、作者の意図（作品の主題）を思えば、〈浮舟〉に落ち着かせるべきでしょう。

前節で述べた、源氏や薫の愛執の人生とのからみからも、紫上と浮舟の位置は動かないと思います。

物語の構想面から見ても、藤壺とそのゆかり（姪）の紫上、大君とそのゆかり（異母妹）という図式は重視されるべきです。

〈ゆかり〉とは血縁の意味ですが、この物語においては、〈酷似した形代〉の意味が加わっています。

母親の〈桐壺更衣〉に似ている〈藤壺〉、父親の〈宇治八宮〉に似ている〈大君〉という関係です。前者は面影、後者は精神という点で、源氏や薫によって恋い慕われ敬われたのでしょう。

源氏における〈母恋い〉、薫における〈八宮傾倒〉という構想の基本を理解するとき、正篇は〈紫のゆかり〉の物語、続篇は〈宇治のゆかり〉の物語ととらえることができます。

それでは、彼らヒロインたちの人物像の一端を垣間見ることにしましょう。

(1)紫上

①春のおとゞのお前、とり分きて、梅の香も御簾のうちのにほひに吹きまがひて、生ける仏の御国とおぼゆ（「初音」の巻、第五巻一五六頁）

春のおとど（紫上）の御殿は、仏国土のように素晴らしいというのです。
もしかしたら、『法華経』「序品」の次の偈文を念頭においた表現かも知れません。

雨曼陀羅、曼殊沙華、栴檀香風、悦可衆心、以是因縁、地皆厳浄（曼陀羅、曼殊沙華をふらし、栴檀の香風は、衆の心を悦可す。この因縁をもって、地は皆、厳浄となる〈（上）二四頁〉）

紫上の御殿が仏国土であるという記述は、紫上が〈仏〉のような方であるという表現に結びつきます。

これと似た設定が、「初音」に続く「胡蝶」の巻に見られます。

紫上の御殿を〈蓬莱山〉に見立てているのです。道教の神仙思想によるものでしょうが、この御殿を、仏国土や仙境のような、別天地としてとらえていることは確かなようです。

②まことに消えゆく露のこゝちして、かぎりに見えたまへば、〈中略〉明けはつるほどに消えはてたまひぬ（「御法」の巻、第九巻七四～七五頁）

ヒロイン紫上の死が描かれた場面です。「露のようにはかなく消えてしまった」というのでしよう。

〈仏〉の涅槃を、「薪尽」や「煙尽」、あるいは「火滅」や「灯滅」の表現で記したのは見られますが、「露尽」や「露滅」、あるいは「露消」や「露落」の表現はありません。

はかない露の表現としては、『法華経』には「仏説観普賢菩薩行法経」の偈文に、一例見られるだけです。

若欲懺悔者、端座思実相、衆罪如霜露、慧日能消除、是故応至心、懺悔六情根（若し懺悔せんと欲せば、端座して実相を思え、衆罪は霜露の如し、慧日能く消除す、是の故に至心に、六情根を懺悔すべし〈『法華経一字索引』八八頁〉）

そうしますと、紫上の、露のようにはかない死という表現は、『法華経』の経文によっているとはいえないかも知れません。

むしろ、「露」という表現に、はかない命という意味は勿論のこと、ヒロインとして常に瑞々しい生命の顕現者であった紫上の存在が亡くなるという、生身の人間の消滅の意味をも含ませていると解したいのです。

仏の国の住人も、その最期は、人間としての死でした。

(2)藤壺中宮

先帝の四宮として誕生した彼女が、桐壺帝の女御として入内したのは、十六歳の時でした。源氏の母桐壺更衣に酷似した運命の人であり、更衣を亡くした帝の寵愛を一身に受けると共に、継子の源氏から母として慕われ、やがて女性として愛されるようになります。二十四歳の春に皇子（後の冷泉帝）を出産、中宮（現在の皇后）に立ちます。皇子の実父が源氏であることに苦悩し、桐壺帝崩御一周忌を終えた後に落飾、入道后宮と呼ばれるようになります。時二十九歳、女盛りでの出家でした。そして八年後、宮は三十七歳の生涯を静かに閉じます。

ともしびなどの消え入るやうにてはてたまひぬれば、いふかひなく悲しきことを思し嘆く

（「薄雲」の巻、第四巻一九一頁）

灯し火が消えるように亡くなってしまったという臨終の描写は、『法華経』の経文を念頭に置いてのものかと思われます。

「序品」や「方便品」には、次のような記述が見られます。

①仏此夜滅度、如薪尽火滅（仏、この夜、滅度したもうこと、薪尽きて火の滅するが如し

〈(上) 六〇頁〉

②入無余涅槃、如薪尽火滅、(無余涅槃に入ること、薪尽きて火の滅するが如し〈(上) 一一六頁〉)

どちらも、仏の入滅を説いている経文ですが、「灯滅」という表現からは、「安楽行品」の経文が最もふさわしいかと思います。

③説無漏妙法、度無量衆生、後当入涅槃、如煙尽灯滅 (無漏の妙法を説きて、無量の衆生を救い、後、まさに涅槃に入ること、煙尽きて、灯の消ゆるが如し〈(中) 二八二頁〉)

仏の涅槃にも喩えられる藤壺中宮の死は、かつて「かゞやく日の宮」(「桐壺」の巻、第一巻一三二頁) と称えられた〈太陽の女神〉が没することでもあったのです。

(3) 浮舟

〈源氏〉の異母弟である〈宇治八宮〉と、その侍女であった〈中将君〉との間に生まれた〈浮舟〉は、異腹の姉である〈大君〉に面差しの似た女性でした。

初恋の相手である大君に亡くなられた〈薫〉は大君の妹である〈中君〉の紹介によって、浮舟を愛するようになります。

ところが、薫の友人であり、中君の夫である〈匂宮〉は、浮舟の存在を知り、薫に擬装し通じてしまいます。

薫と匂宮の二人の愛の間で揺れ動く浮舟は、煩悶の末に入水を決意し、薫のもとから失踪してしまいました。

宇治川の近くに建つ〈宇治院〉の裏庭に倒れていた浮舟が、〈横川僧都〉に救助され、自らの意志で落飾したのは、失踪後半年ほど経った晩秋の九月でした。

彼女における〈愛執〉という煩悩の課題は、〈竜女成仏〉の教説を導き出しています。

〈五障〉という女人の宿命に光を与えた『法華経』「提婆達多品」の経文に拠った記述であると考えられます。

①竜の中より仏生れたまはずはこそはべらめ、たゞ人にては、いと罪かろきさまの人になむはべりける（「手習」の巻、第十二巻、四九五頁）

匂宮の母宮である〈明石中宮〉に、横川僧都が浮舟落飾のことを報告する場面です。浮舟をたすけ、出家させてやったことは、竜王の娘であった竜女が発心し、成仏することが叶ったという、『法華経』の教えに通じることであると語っています。

更に僧都は、身分は高くなくても、美しい浮舟の人となりに、過去世の罪の軽さを認めますが、もしかしたら、「随喜功徳品」の経文を思い浮かべての表現かも知れません。「提婆品」と「随喜品」の経文を以下に記しましょう。

皆遥見彼、竜女成仏、普為時会、人天説法（皆、遙かに彼の竜女の、成仏して普く時の会の人・天のために法を説くを見る〈(中) 二二四頁〉）

鼻高修且直、額広而平正、面目悉端厳、為人所喜見（鼻は高く修まりて且つ直く、額は広くして平らかに、面目は悉く端厳にして、人に見んとねがわるることを為ん〈(下) 八六頁〉）

〈紫上〉や〈藤壺中宮〉のように、〈仏〉に喩えられる存在として描かれてはいませんが、〈浮舟〉は、〈仏〉に救われるべき存在、〈仏〉になれる存在として描かれています。

横川僧都によって救い取られたという、物語の構想自体が浮舟の人物像を決定していると思われます。

②人の命久しかるまじきものなれど、残りの命一二日をも惜まずはあるべからず、〈中略〉仏の必ず救ひたまふべき際なり（「手習」の巻、第十二巻三五四頁）

③おのが寺にて見し夢ありき、いかやうなる人ぞ、まづそのさま見む（同前、三五六頁）

④いみじくかなしと思ふ人のかはりに、仏のみちびきたまへると思ひきこゆ〈中略〉さるべき契りにてこそかく見たてまつるらめ（同前、三六〇頁）

⑤さるべき契りありてこそはわれしも見つけけめ、こゝろみに助けはてむかし（同前、三七〇頁）

⑥げにいときゃうざくなりける人の御ようめいかな、功徳のむくいにこそ、かゝるかたちにもおひ出でたまひけめ（同前、三七一頁）

⑦初瀬の観音のたまへる人なり（同前）

⑧それ、縁にしたがひてこそみちびきたまふらめ、種なき事はいかでか（同前、三七一〜三七二頁）

⑨われむざんの法師にて、いむことの中に、破る戒は多からめど、女のすぢにつけて、まだそしり取らず、あやまつことなし（同前、三七三頁）

⑩観音、とざまかうざまにはぐゝみたまひければ、この僧都に負けたてまつりぬ（同前、三七五頁）

②〜④は浮舟救済の第一段階で、得体が知れない存在物を、ただ生命を有するという一点で、僧都は助けようとします。「残りの命一二日も惜しまずはあるべからず」と命の尊さを述べ、「仏の救いたまふべき際」と、仏者にふさわしい行動に出るのです。

また、僧都の妹である尼君も、亡くした娘の再来かと、初瀬観音による夢のお告げを信じ、浮舟の介抱に努めます。

当時の仏教界にあっては、まれに見るさわやかな兄と妹の姿と言えましょう。

⑤〜⑨は救済の第二段階で、なかなか回復しない浮舟に、僧都がいよいよ加持祈禱を行います。浮舟を救出した縁を、過去世からの因縁・仏縁ととらえ、併せて、浮舟の優れた容姿に、彼女の宿業を思いやります。

⑦の妹尼の言葉は、③、④に繋がる〈観音信仰〉に基づくものと考えられます。

観音信仰とは〈観世音菩薩〉の教えを信仰することで、元々『法華経』の「観世音菩薩普門品」の教説に基づいた信仰なのです。

苦悩するすべての人々を救ってくれる慈悲深さが、昔からの信仰対象として親しまれてきたのでしょう。

この「普門品」（「観音品」）は、独立して『観音経』とも呼ばれ読誦されました。観世音菩薩による現世利益の説話や和歌の数々については、前章までにも見てきたとおりです。

浮舟の場合も、初瀬観音の申し子として、横川僧都一行に救出されるという物語の主役でした。第三段階の⑩に見られる〈物の怪〉の言葉からも、浮舟が〈観世音菩薩〉の守護下にあったことがわかります。

朝廷からの祈禱依頼も断わり、ひたすら目の前で苦しむ浮舟へ修法する僧都のありようこそ、真実の仏者であり聖であるといえます。『今昔物語集』の〈睿実持経者〉の姿が浮かんできます。僧都の加持・修法により、遂に〈物の怪〉は退散し、浮舟は正気を取り戻すことができました。

②～⑩の物語の記述は、『法華経』に拠っていることがわかります。

②、③、④、⑤、⑦、⑩などは、観音信仰を基本構想にしていますので、「普門品」の経文の幾つかをふまえています。

一心称名、観世音菩薩、即時観其音声、皆得解脱（一心に名を称えば、観世音菩薩は、即時にその音声を観じて、皆、まぬがるることを得せしめん。〈(下)二四二頁〉）

呪詛諸毒薬、所欲害身者、念彼観音力、還著於本人（呪詛と諸の毒薬に、身をそこなわれんとせられん者は、彼の観音の力を念ぜば、還って本の人につきなん〈同前、二六二頁〉）

観世音浄聖、於苦悩死厄、能為作依怙（観世音の浄き聖は、苦悩と死のわざわいとにおいて、能く為めにたよりとならん〈同前、二六六頁〉）

⑥、⑧、⑨はそれぞれ「随喜功徳品」、「方便品」、「安楽行品」の経文に拠っていると思われます。

斯人之福報、今当分別説〈中略〉面目悉端厳、為人所喜見（斯の人の福報は、今まさに分別して説くべし。〈中略〉おもざしは悉く端厳にして、人に見んとねがわるることをえん〈(下)八六頁〉）

仏種従縁起、是故説一乗（仏種は縁に従って起こると知り、この故に一乗を説きたもう

〈(上) 一一八頁〉)

不応於女人身、取能生欲想相、而為説法、亦不楽見（応に女人の身において、能く欲の想いを生ずるすがたを取って、ために法を説くべからず、亦、見んことをねがわざれ〈(中) 二四六頁〉)

以上のように、ヒロイン達の人物像や物語の構想の面でも、『法華経』の教説をふまえた表現が幾つか確認できました。

続いて、『法華経』の各品毎に数例見ていきたいと思います。

五　物語の展開と『法華経』

――(1)「序品」・「方便品」

①仏の御弟子のさかしき聖だに、(A)鷲のみねをば、たどたどしからずたのみきこえながら、なほ、(B)たきぎつきけるよのまどひは深かりける（「若菜上」の巻、第七巻二一一頁、傍線等筆者）

〈明石御方〉の父親である〈入道〉が、修行のために俗世を捨てて深山に入ったことを、釈尊と高弟の説話をとおして記述している段です。
(A)は「如来寿量品」の〈常在霊鷲山（(下)三二二頁)〉に拠り、(B)は「序品」や「方便品」の〈如薪尽火滅（(上)六〇頁、一一六頁)〉に拠っています。

②皆ある限り二条の院につどひ参りて、この院には火を消ちたるやうにて（「若菜下」の巻、同前、三九五頁）

紫上の病気が思わしくなく、〈六条院〉春の御殿から〈二条院〉に移ったために、春の御殿は火が消えたようだというのです。
①の場合と同じく、「序品」と「方便品」の〈如薪尽火滅〉をふまえた記述ですが、春の御殿の主である〈紫上〉の存在が、仏に譬えられていることがわかります。

③(A)惜しからぬこの身ながらもかぎりとて(B)薪つきなむことのかなしさ（「御法」の巻、第九巻四二頁、傍線等筆者）

六条院の冬の御殿に住む〈明石御方〉の許に詠んでやった紫上の歌です。(A)は「提婆達多品」の〈採菓汲水（(中)二〇六頁)〉に拠り、「この身」は「菓（このみ）」と掛け詞になっています。

(B)は①・②と同じく〈如薪尽火滅〉をふまえ、ここでも、紫上の死滅への思いは、仏の滅度(涅槃)に譬えられています。

④天の下の人、院を恋ひきこえぬなく、とにかくにつけても、世はたゞ火を消ちたるやうに(「匂宮」の巻、同前、二〇九頁)

源氏が亡くなって、世の中は火が消えたようになってしまったというのです。仏の入滅に譬えられる、主人公源氏の存在です。

これも、①〜③と同じように、〈如薪尽火滅〉をふまえた記述です。

ところで、「匂宮」の巻に、〈薫〉の苦悩を描いた、次のような記述が見られます。

何の契にて、かう安からぬ思ひ添ひたる身にしもなり出でけむ、ぜんげうたいしのわが身に問ひけむ悟をも得てしがな(同前、二一六頁)

自分の出生にからむ疑問に苦しんでいる薫は、〈善巧太子〉のような悟りを得たいものだと希求するのです。

源氏と〈女三宮〉を父母にもつ薫ですが、実は〈柏木〉と女三宮の過ちによって、薫は生まれたのです。

そこで、〈善巧太子〉云々となるわけですが、この部分の記述は、『源氏物語』の写本の種類によって、本文が異なっているのです。

広く用いられている〈青表紙本〉系統の殆どは「せんけうたいし」となっていますが、〈宮内庁書陵部蔵〉の〈青表紙本〉には、「くいたいし」とあります。

「くいたいし」ならば〈嬰夷太子〉のことで、釈尊と〈耶輸陀羅〉との間に生まれた〈太子〉、すなわち〈羅睺羅〉ということになります。

『法華経』「序品」に、「羅睺羅母、耶輸陀羅比丘尼」（上）一〇頁）とあり、「授学無学人記品」に、「羅睺羅、是仏之子」（中）一二二頁）とあります。

羅睺羅は、〈密行第一〉で知られる弟子でもあり、霊鷲山での説法の会座に、母親の耶輸陀羅比丘尼らと一緒に参列していました。

釈尊の実子かどうか疑われたエピソードの持ち主でもあるところから、実父を確認したい薫の物語の典拠に捉えられたのでしょう。

――(2)「方便品」

① (A)優曇華の花待ちえたるこゝちしてみ山ざくらに目こそうつらね

と聞えたまへば、ほゝゑみて、(B)時ありてひとたび開くなるは、かたかなる物を（「若紫」の巻、第二巻七〇頁、傍線等筆者）

北山で療養する源氏を、寺の〈僧都〉（紫上の祖母兄）が歓迎し、歌を詠みます。三千年に一度花開くという〈優曇華〉に、源氏の来訪を譬えるのです。最高の褒め言葉です。

源氏は恐縮し、自分はそれほどの者でないと謙遜します。どちらも、「方便品」の経文をふまえてのやりとりなのです。

(A)と(B)は、それぞれ次の経文に拠っています。

無量無数劫、聞是法亦難、能聴是法者、斯人亦復難、譬如Ⓐ優曇華、一切皆愛楽、天人所希有、Ⓑ時時及一出（無量無数劫にも、この法を聞くことも亦、難し。能くこの法を聴く者、この人も亦、また難し。譬えば優曇華の、一切皆愛楽し、天・人の希有とする所にて、時に乃ちひとたび出づるが如し〈(上)一二八～一三〇頁〉傍線等筆者）

②仏菩薩の変化の身にこそものしたまふめれ、五つのにごり深き世になどて生まれたまひけむ（「蓬生」の巻、第三巻三九八～三九九頁）

源氏を〈仏〉に譬えた表現の項でも触れたので、ここでは経文を紹介するにとどめます。「諸仏出於、五濁悪世」（(上)九八頁）がそれです。

③この一事にてぞ、この世の濁りをすゝいたまはざらむ、と、物の心を深く思したどる（「朝顔」の巻、第四巻三〇六頁）

源氏の夢に、亡き藤壺中宮が現れ、源氏は、中宮が成仏できないでいると悲しみます。密通という若き日の過ちのために、この世の濁りをすすぐことができず、まだ迷っているというのです。

②と同じ「五濁悪世」の経文をふまえた表現でしょう。

――(3)「譬喩品」

たゞその罪の報なり、おし、ことどもりとぞ、大乗そしりたる罪にも、かぞへたるかし（「常夏」の巻、第五巻四〇六頁）

〈内大臣〉（源氏の妻である〈葵上〉の兄）が妾に生ませた〈近江君〉という娘を引き取り養育していたが、彼女は少々、上品さに欠けるところがあります。早口であり、口数が多いのです。その理由は、近江君が生まれる時の安産祈願を担当した〈妙法寺の別当大徳〉なる僧が早口であったからだというのです。

それを聞いた内大臣が、大徳こそ罪づくりであり、『法華経』を謗った罪の報いであると言ったのです。

「譬喩品」の経文に拠った表現でしょう。

謗斯経故、獲罪如是、若得為人、諸根暗鈍、矬陋癵躄、盲聾背傴、有所言説、人不信受（この経を誇るが故に、罪を獲ることかくの如し。若し人となることを得れば、諸根は暗鈍にして、背低く、ひきつり、いざり、めくら、つんぼ、せむしとならん。言説する所有るも、人は信受せず〈（上）二二二頁〉）

——(4)「化城喩品」

仏の御しるべは、くらきに入りても、さらにたがふまじかなるものを（「若紫」の巻、第二巻六〇頁）

北山で療養中の源氏は、かの〈僧都〉の房に招かれ、宿ることになります。奥の方の部屋には、まだ就寝しない尼君や侍女たちが居ます。

源氏は扇を鳴らし、相手の注意を引くと、「仏にお仕えしている貴女がたは、暗い夜でも、私の願いを叶えてくれる筈ですね」と告げるのです。

「化城喩品」の「従冥入於冥、永不聞仏名」（(中)二〇頁）をふまえた表現です。

『源氏物語』の作者である紫式部と同時代の、有名な女流歌人である〈和泉式部〉の歌にも、この経文をふまえた名歌があります。

　くらきよりくらき道にぞいりぬべきはるかにてらせやまのはの月（『拾遺和歌集』巻第二十「哀傷」一三四二番歌）

ところで、前述の源氏の「願い」とは何だったのでしょうか。それは、後に源氏の妻となる〈若紫〉に対する後見の申し出だったのです。

紆余曲折を経ながらも、源氏は遂に若紫を引き取り養育し、四年後に成人した若紫と結婚します。其の後〈紫上〉と呼ばれた女君が、この若紫なのです。

仏のかくれたまひけむ御なごりには、阿難が光はなちけむを、ふたたび出でたまへるかと疑ふ（「紅梅」の巻、第九巻二六九頁）

――(5)「授学無学人記品」

〈柏木〉の弟である〈紅梅大納言〉には、二人の姫君がいました。姉君は皇太子妃の一人に選ばれたので、妹君の方は、皇太子の弟宮である〈匂宮〉夫人にと、大納言は願望していました。匂宮が愛する紅梅の枝に文を付けて贈ることにした大納言は、宮の祖父である源氏を偲びます。源氏と宮の関係は、仏典における、仏と〈阿難〉の師弟関係を思わせるというのです。源氏が亡くなり、〈光〉が消えた今、頼りになる後継者は匂宮であると、仏入滅後の阿難の存在になぞらえるというわけです。

ここにも、〈仏〉に譬えられる源氏の記述が見られました。引用本文に続く、「闇にまどふ」（同前二六九頁）の〈闇〉は、〈光〉が消えたこと、すなわち、源氏の死去、仏の涅槃を意味しています。

ところで、釈尊から阿難への〈授記〉は、『法華経』の「授学無学人記品」において行われたのですが、阿難が〈仏〉のように光を放ったという記述は見られません。

出典という面では、『増一阿含経』における「便奮光明和顔色、普照衆生如日初」の経文をふまえたのかも知れません。

しかし、釈尊十大弟子の一人で、「多聞第一」といわれた、かつての釈尊の同窓生である阿難に、源氏の子孫で、彼に最も似ている資質の持ち主である匂宮をなぞらえた表現を見逃すわけにはいきません。

――(6)「提婆達多品」

「提婆達多品」の教えに拠った表現は、最も数多く見られます。

①海竜王の后になるべきいつきむすめななり（「若紫」の巻、第二巻三八頁）

北山での療養で小康を得た源氏は、供人と付近を散策し、彼らの世間話を耳にします。話題の人に、前播磨守〈明石入道〉が取り上げられます。仏門に入って人柄がまさったという彼には、大事に育てている一人娘がいます。後に源氏の夫人の一人になる〈明石御方〉です。この娘を、父入道は、海竜王の后にでもするつもりなんだろうと、供人たちが話し合っているのです。

海竜王の后は、海竜王の娘ではありませんが、明石御方の人生が幸福に導かれたことを思う時、やはり、「提婆達多品」に説かれる〈竜女成仏〉のことが思われてなりません。

皆遥見彼、竜女成仏、普為時会、人天説法（皆、遥かに彼の竜女の、成仏して普く時の会の人・天のために法を説くを見る〈(中) 二二四頁〉）

②初めの日は先帝の御料、次の日は母ぎさきの御ため、またの日は院の御料、五巻の日なれば、上達部なども、世のつつましさをえしもはばかりたまはで、いとあまた参りたまへり〈中略〉たき木こるほどよりうち始め、同じういふことの葉も、いみじう尊し〈中略〉はての日、わが御事を結願にて、世をそむきたまふよし仏に申させたまふ（「賢木」の巻、第二巻五八七～五八九頁）

故〈桐壺帝〉の中宮（皇后）である〈藤壺宮〉が主催した〈法華八講〉と、宮自身の落飾のことが記されています。

中宮は、夫桐壺院の一周忌の法事に続いて、追善供養のための法華八講を催しました。法華八講とは、『法華経』八巻を朝夕二巻ずつ四日間にわたって講賛問答する法会のことです。〈初めの日〉第一日は、第一巻（「序品」・「方便品」）と第二巻（「譬喩品」・「信解品」）を、〈先帝〉（中宮の父帝）のために、〈次の日〉第二日目は、第三巻（「薬草喩品」～「化城喩品」）と第四巻（「五百弟子受記品」～「見宝塔品」）を、〈母ぎさき〉（中宮の母で父帝の后であった人）のために、〈またの日〉第三日目は、第五巻（「提婆達多品」〜「従地涌出品」）と第六巻（「如来寿量品」〜「法師功徳品」）を、〈院〉（桐壺院）のために、〈はての日〉第四日目は、第七巻（「常不軽菩薩品」〜「妙音菩薩品」）と第八巻（「観世音菩薩普門品」〜「普賢菩薩勧発品」）を、中宮自身の新生のために、それぞれ執り行ったのです。

故桐壺院のための第三日目が〈五巻の日〉でした。法会の中心にあたり、特別の行事も行われるのが常だったようです。

この日は、中宮や源氏側と対立する、〈弘徽殿大后〉や〈朱雀帝〉（源氏の異母兄）側の思惑も気にせず、多くの公卿たちも参列しました。

講師担当の僧侶の先導で「たき木こる」の歌を、一音ずつ長く引いて唱えながら、会場内を右まわりに、散華をしながら歩むのです。

その歌は、大僧正〈行基〉（六六八〜七四九年）の作と伝えられる、『拾遺和歌集』所収の「哀傷歌」です。

ほけきやうをわがえしことはたきゞこりなつみ水くみつかへてぞえし（一三四六番歌）

『法華経』「提婆達多品」の〈即随仙人、供給所須、採菓汲水、拾薪設食〉（（中）二〇六頁）の経文をふまえた〈釈教歌〉であることは明らかです。

この「提婆達多品」こそ、『法華経』第五巻の中では、平安時代の当時に最も重んじられたのです。

そして最終日には、中宮落飾の決意が披露されました。源氏との密通で生まれた〈東宮〉（後の冷泉帝）の安泰を願っての、悲しい決断でした。

③さは海のなかの竜王の、いといたうものめでするものにて、見いれたるなりけり（「須磨」の巻、第三巻一四三頁）

須磨落ちした源氏が、侘び住まいの中で見た夢の話です。海竜王が源氏を見そめたというのですが、おそらく、娘の相手として源氏を選んだと解することができます。

①でも触れた、明石父娘のテーマですが、〈竜女〉に相当する娘が〈仏〉に相当する源氏とのかかわりによって〈成仏〉という幸福境涯になるという構想です。「提婆達多品」の〈竜女成仏〉を念頭に置いての表現でしょう。

④御許しだにはべらば、[A]水を汲みいたゞきても、仕うまつりなむ、〈中略〉いとしかおりたちて[B]薪拾ひたまはずとも、参りたまひなむ（「常夏」の巻、第五巻四〇六頁、傍線等筆者）

前にも触れた、〈内大臣〉と〈近江君〉とのやりとりの場面です。〈冷泉帝〉（源氏と藤壺中宮の子）の后妃の一人である〈弘徽殿女御〉（内大臣と前右大臣の四君の子）に、水汲みでもしてお仕えしましょうと言う近江君に、内大臣は、薪拾いなどしなくてもよいと言うのです。

(A)も(B)も「提婆達多品」の〈阿私仙人〉の説話をふまえた表現です。経文は次のように記されています。

即随仙人、供給所須、採菓Ⓐ汲水、Ⓑ拾薪設食（（中）二〇六頁、傍線等筆者）

⑤仏のおはすなる所のありさま遠からず思ひやられて、ことなる深き心もなき人さへ、罪を失ひつべし、薪こる讃嘆の声も、そこらつどひたるひゞき、おどろ〳〵しきを、うち休みてしづまりたる（「御法」の巻、第九巻三四頁）

『法華経』千部を供養しての、〈法華八講〉が、紫上主催のもとに催されました。老いや病弱を実感し、出家を切望する彼女の、最後の華やぎの行事です。

この法会は、かつて源氏と二人だけで過ごした思い出の御殿、〈二条院〉で取り行われました。今上帝（朱省院の皇子）や皇太子（帝と明石中宮の子）、〈秋好中宮〉（冷泉院中宮）と〈明石中宮〉（今上の中宮、源氏と明石御方の子）方からも、捧げ物などが寄せられた盛大なものでした。「仏のおはすなる所」という本文は、まさにそうした華やかで盛大な法会の座を表現しているのでしょう。

第三日目、例によって〈五巻の日〉の法会が修せられます。〈朝座〉には、〈法華讃嘆〉が歌われ、〈薪の行道〉が開始されます。「そこらつどひたるひゞき、おどろ〴〵しき」という本文は、その折を描写したものでしょう。法華讃嘆の歌が、行基菩薩の「ほけきゃうをわがえしことは」（『拾遺和歌集』一三四六番）であることは、前にも述べたとおりです。

この日の法会が終わってから、紫上は〈匂宮〉（今上と明石中宮の第三皇子）を使者として、宮の祖母である〈明石御方〉に文を届けさせます。数え年五歳の可愛い〈文使い〉です。返事の歌も併せて記してみましょう。

⑥惜しからぬこの身ながらもかぎりとて薪つきなむことのかなしさ（「御法」の巻、同前、四二頁）

⑦薪こるおもひはけふをはじめにてこの世にねがふのりぞはるけき（同前）

⑥の歌については、前に述べましたので、返しの明石御方の歌である⑦について見てみましょ

う。

紫上が「薪つきなむ」と詠んだので、明石御方は「薪こる」と返しました。同じ〈薪〉ですが、前者は「序品」や「方便品」の経文に拠り、後者は「提婆達多品」の経文に拠っていることがわかります。

紫上は、死を予感した心細さを訴えたのですが、明石中宮は、心細さを話題にすることが憚られて、法会の讃嘆と、紫上の道心と寿命の遙けさを願ったのです。

⑧はかもなくおほどきたまへる女の御さとりの程に、(A)はちすの露も明きらかに玉と磨きたまはむこともかたし、(B)五つのなにがしも、なほうしろめたきを、われ、この御みちをたすけて、同じうは後の世をだに、と思ふ（「匂宮」の巻、第九巻二一九頁、傍線等筆者）

母親の〈女三宮〉（朱雀帝の内親王）が落飾し、仏道をおこなう姿に接して、〈薫〉は心もとなさを感じています。その理由は、どうやら〈女人不成仏〉だから、というのです。

(B)の「五つのなにがし」は〈五障〉のことであり、「提婆達多品」の次の経文に拠っています。

女身垢穢、非是法器、〈中略〉又女人身、猶有五障、一者不得、作梵天王、二者帝釈、三者魔王、四者転輪聖王、五者仏身（女身は垢穢にして、これ法器に非ず。〈中略〉又、女人の身には、猶、五つの障りあり。一つには梵天王と作ることを得ず、二には帝釈、三には魔王、四には転輪聖王、五には仏身なり。〈（中）二三二頁〉）

薫の心配は〈舎利弗〉の疑問と同じです。しかし、女三宮が『法華経』を信仰することによって、成仏は可能な筈です。

(A)については、「従地涌出品」の段で述べることにします。

⑨この頃の事とて、たきぎこのみ拾ひて参る山人どもあり（「椎本」の巻、第十巻二六二頁）

父親の〈八宮〉（源氏の異母弟）を亡くした〈大君〉と〈中君〉の姉妹は、時折訪れる〈薫〉の真心に支えられて、年の暮れを過ごしていました。

そうした姉妹が住む山荘に、年末年始用としての、薪や木の実を拾って届けてくれる山人たちがいるというのです。父宮が健在であった頃から出入りしていた人たちなのでしょう。

宇治に残された姫君たちに奉仕する山人たちの物語に、「提婆達多品」の経文を思いやったのです。まさに〈採菓汲水、拾薪設食〉（〈中〉二〇六頁）の姿です。

⑩はちすの花の盛りに、御八講せらる〈中略〉五巻の日などは、いみじき見ものなりければ〈中略〉もの見る人多かりけり（「蜻蛉」の巻、第十二巻二八一頁）

明石中宮主催の〈法華八講〉です。法華八講については前にも触れましたが、ここでは、亡き源氏と紫上のために追善供養をするのが主な目的でした。中宮にとっては、実父と養母なのです。ところで、この年は〈薫〉の年齢で二十七歳の時なので、〈紫上〉が亡くなって二十三年目、二十四回忌にあたります。また源氏が亡くなったのは、明確に記されていませんが、仮りの〈五十四帖〉の五十四歳の時としますと、薫が七歳の時になり、二十一回忌ということになります。〈五巻の日〉は、「提婆達多品」を講ずる日であり、〈薪の行道〉をおこなう日です。盛大は法会なので、侍女たちの縁故者も沢山見物したというのです。

――(7)「従地涌出品」

女の御さとりの程に、はちすの露も明きらかに玉と磨きたまはむこともかたし（「匂宮」の巻、第九巻、二一九頁）

(6)の⑧でも、本文を紹介した段ですが、母宮の修行のありさまを、薫が心配しているところです。

女性の身では、蓮華が汚れに染まらず清浄で、その露が玉のように磨かれるような仏道修行は難しいというのです。

ここでは、俗世間の汚れに染まらない蓮華の清浄さに触れながら、そのようであることの難しさを述べているところです。

「従地涌出品」における次の経文に拠っていると思われます。


善学菩薩道、不染世間法、如蓮華在水（善く菩薩の道を学びて、世間の法に染まらざること、蓮華の水に在るが如し〈(中) 三二八頁〉）

——(8)「法師功徳品」

しろしめさぬに、罪おもくて、天の眼恐ろしく思うたまへらるゝ事を、心にむせびはべりつゝ、命終りはべりなば、何の益かはははべらむ（「薄雲」の巻、第四巻一九九頁）

〈冷泉帝〉（源氏と藤壺中宮の子）の祖母の代から仕える〈夜居の僧都〉の密奏によって、帝は誕生にまつわる秘密を知りました。今まで兄宮とばかり思っていた源氏が、実は自分の父親だったのです。

この事実を知らなかった帝の罪は重く、天の照覧も恐ろしいと、僧都は帝に告げたのです。「法師功徳品」における次の経文に拠った表現でしょう。

其中諸衆生、一切皆悉見、雖未得天眼、肉眼力如是（その中の諸々の衆生を、一切皆、悉く見ん。未だ天眼を得ずと雖も、肉眼の力かくの如くならん〈(下) 九二頁〉）

――(9)「常不軽菩薩品」

さては思ひたまへえたることはべりて、(A)常不軽をなむつかせはべる〈中略〉(B)この常不軽、そのわたりの里々、京までありきけるを、暁の嵐にわびて、阿闍梨のさぶらふあたりを尋ねて、中門のもとに居て、いと尊くつく、〈中略〉(C)不軽の声はいかが聞かせたまひつらむ〈中略〉尊くこそはべりけれ（「総角」の巻、第十巻四九四～四九六頁、傍線等筆者）

病で衰弱した〈大君〉（宇治八宮の長女）の回復を祈願しようと、薫は御修法を行わせます。『法華経』を不断に読ませることも、その一つでした。一日二十四時間を、十二人の僧が二時間ずつ担当して読経するのです。

八宮の〈法の師〉である〈阿闍梨〉も参列しました。老齢の阿闍梨は、真夜中過ぎには、時々居眠りをしてしまいます。

暁方に〈陀羅尼〉を読む時になって目をさまし、しゃがれ声で唱和します。陀羅尼とは呪文のことですが、おそらく「陀羅尼品」などに記されている〈陀羅尼呪〉のことだと思います。これについては、後でくわしく述べることにします。

ともあれ、陀羅尼が終了した後に、阿闍梨は大君を見舞い、そのついでに、亡き八宮の夢を見たことを告げます。

夢の中の八宮は、ただ一つだけ心乱すことがあって成仏できないと語るのです。その心乱れとは、この世に残された娘たちへの思いでした。

阿闍梨は、思いあたることがあるといって、〈常不軽〉を行わせることにしました。八宮の迷いを晴らすために、他の僧侶に、〈常不軽菩薩〉の行を実行させることでした。(A)が、阿闍梨の意志で、(B)は、その行道に携わっている僧のありようです。そして(C)は、その僧侶の一人が、阿闍梨や大君や薫が居る八宮邸の中門のところで、礼拝行に相当する経文を唱えている声のことです。

その経文は、「常不軽菩薩品」における次の文です。

我深敬汝等、不敢軽慢、所以者何、汝等皆行菩薩道、当得作仏（われ深く汝等を敬う。敢えて軽しめあなどらず。所以はいかん。汝等は皆菩薩の道を行じて、当に仏となるを得べければなり〈(下) 一三二頁〉)

いわゆる〈二十四字の法華経〉である経文です。それでは、八宮の迷いが、なぜ〈常不軽〉に結びつくのでしょうか。

おそらく、生前の八宮のありようが、〈俗聖〉と称される、すぐれた人格者であったのですが、俗体でありながら心は〈聖〉であるなどと、少し思い上がったような言動を示していたことに、関係があるようです。

心ばかりははちすの上に思ひのぼり、にごりなき池にもすみぬべき（「橋姫」の巻、第十巻五八頁）

このような八宮の姿は、『法華経』「方便品」に説かれる〈五千の上慢〉に重なるといってもよろしいでしょう。

法の師である阿闍梨は、八宮の奥底の一念を知っていて、宮の成仏は〈常不軽道〉にかかっていると判断したのです。

八宮救済の〈常不軽〉の礼拝行と、大君回復の〈不断経における「常不軽菩薩品」〉読誦とが、二重になって表現されていると解してもおもしろいと思います。

――⑽「薬王菩薩本事品」

いとこの世の人とは造り出でざりける、かりに宿れるかとも見ゆること添ひたまへり、〈中略〉香のかうばしさぞ、この世のにほひならずあやしきまで、うちふるまひたまへるあたり遠くへだゝる程のおひかぜも、まことに百ぶのほかも薫りぬべきこゝちしける（「匂宮」の巻、第九巻二二三～二二五頁）

『源氏物語』続篇（光源氏亡き後の、薫君物語）の主人公である薫の人物紹介が、続篇始発の巻である「匂宮」の巻で行われます。

彼の人となりは、この世の人とは思えぬ超人間的な存在であるというのです。〈仏〉が仮に宿ったのではないか、と称されています。

仏の属性の一例として〈薫香〉が上げられ、薫の体臭は正に超人間的であるというのです。「薬王菩薩本事品」における次の経文に拠っているのでしょう。

身毛孔中、常出牛頭栴檀之香、所得功徳、如上所説（身の毛孔の中より、常に牛頭栴檀の香を出さん。得る所の功徳は上に説ける所の如し〈（下）二〇六頁〉）

――⑾「観世音菩薩普門品」

『源氏物語』の時代における〈物語〉の地として有名であったのは、〈清水〉や〈石山〉や〈初瀬〉などの、いわゆる〈観音信仰〉の霊場でした。

このことは、当時における観音信仰の盛況ぶりを示しており、物語や日記、説話などからもうかがえる現象です。

『源氏物語』においても、〈夕顔〉や〈玉鬘〉や〈浮舟〉の物語は、部分的に観音信仰の思想を基底に捉えた構想であることがわかります。

浮舟の物語については、既に述べたとおりです。その外の物語についても見ておきましょう。

①清水のかたぞ、光り多く見え、人のけはひもしげかりける、この尼ぎみの子なる大徳の、こゑ尊くて、経うちよみたるに、涙ののこりなくおぼさる（「夕顔」の巻、第一巻四四七頁）

源氏十七歳の青春は、夕顔君（頭中将との間に玉鬘を産んだ）との劇的な蓬瀬と死別でした。東山の尼寺に移された夕顔の遺体を、荼毘に付される前に一目見ようと、源氏は惟光（源氏の側近、乳母子）や随身を連れて出かけます。中秋の〈立待月〉の夜でした。東山一帯が物静かな中で、清水寺の方角だけが明るく賑やかです。高徳の僧が読誦する経文の声が、源氏の胸をうち、涙ぐませるのでした。

清水の地が観音信仰の霊場であるからには、おそらく『観音経』（「観世音菩薩普門品」）が唱えられていたことでしょう。

我為汝略説、聞名及見身、心念不空過、能滅諸有苦（われ汝が為に略して説かん、名を聞き及び身を見て、心に念じて空しく過ごさざれば、能くあらゆる苦を滅せん〈（下）二六〇頁〉）

源氏は、右のような経文を思い浮かべ、「念彼観音力」と心中に念じたかも知れません。夕顔を亡くした悲しみのあまり、正気を失った源氏は、馬からすべり落ちそうになります。心乱した惟光は、急いで清水観音を念じます。その様子を見た源氏も、心中に仏を念じたのでした。

②惟光こゝちまどひて〈中略〉清水の観音を念じたてまつりても、すべなく思ひまどふ、君もしひて御心をおこして、心のうちに仏を念じたまひて（同前、四五一頁）

石山寺も観音信仰の霊場の一つです。物語では、「関屋」の巻において、源氏と〈空蝉〉（伊予介の後妻で、源氏十七歳の時の恋の相手）の再会が、石山参籠を背景に描かれています。

観音信仰といえば、何といっても〈初瀬〉でした。

③仏の御なかには初瀬なむ、ひのもとのうちには、あらたなるしるしあらはしたまふ（「玉鬘」の巻、第五巻六七頁）

夕顔の遺児〈玉鬘〉が筑紫から上京し、九条の宿に落ち着いた後で、初瀬詣でを思い立ちました。四歳の時に別れた母や、それよりも前に会えなくなってしまった父との再会を願っての参詣でした。

④わが親、世になくなりたまへりとも、われをあはれとおぼさば、おはすらむ所に誘ひたまへ、もし世におはせば、御顔見せたまへ、と仏をねんじつつ（同前）

参詣者の宿泊所がある〈椿市〉という所の宿で、玉鬘の一行は、かつて母親の夕顔に仕えていた、〈右近〉という侍女に巡り合います。

右近の方でも、玉鬘を探し尋ねていたのでした。姫との再会を、観音の御利益と感謝するのです。

⑤仏をがみたてまつる、右近は心のうちに、この人をいかで尋ねきこえむと、申しわたりつるに、かつぐ〳〵かくて見たてまつれば、今は、思ひのごと〈中略〉さいはひあらせたてまつりたまへ、など申しけり（同前、八六頁）

いずれも、観世音菩薩の霊験譚に属するもので、経典の面では、『法華経』の「観世音菩薩普門品」に拠っていること明らかです。夕顔物語における愛別離苦からの救済、玉鬘物語における新生への現世利益、更には浮舟物語における蘇生の物語は、すべてが「念彼観音力」の経文を基底に捉えた構想であるといえるでしょう。

——⑿「陀羅尼品」

〈陀羅尼〉とは、霊力をもつ呪文の意味で、「陀羅尼品」には、〈薬王菩薩〉や〈勇施菩薩〉や〈鬼子母〉などの呪文が記されています。

本来は〈梵語〉（古代インドの言語）で記された語句を、そのまま読誦していたかと思われますが、漢訳以後は、梵語の発音にあてた漢字の音を、原則的には読んでいたのかと思われます。一例を示すと、次のとおりです。

安爾曼爾摩禰摩摩禰旨隷遮棃第（アニマニマネイママネイシレイシャリテイ〈（下）二七四頁〉）

陀羅尼が呪文のことなので、陀羅尼を唱える、という言い方が一般ですが、前述のように、音読するということでは、陀羅尼を読むとも言うのでしょう。

『法華経』全体（開経、結経もふくむ）では五十例以上も見られ、その中で十一例が「陀羅尼品」において、更に十七例が、それ以降の経文に見られます。

「陀羅尼呪」とか「陀羅尼神呪」といった記述が多いことからも、〈呪文〉であることが明白です。

したがって、〈陀羅尼〉はそのまま「陀羅尼品」のことではないのですが、〈陀羅尼〉を代表する「陀羅尼品」における〈呪文〉の意と解することが、最も自然であるかと思います。

①ひじり、動きもえせねど、とかうして護身まゐらせたまふ〈中略〉あはれにぐうづきて、陀羅尼よみたり（「若紫」の巻、第一巻六八頁）

〈わらはやみ〉（熱病の一種）を患った源氏が、京の北山に住む高徳の聖による、加持祈禱を受けることになりました。

この聖は老衰のために、身体が少し不自由なのですが、その念力、行力には定評がありました。このたびの加持は、「陀羅尼品」中の〈呪文〉を誦することでした。源氏の熱病を癒やすということでは、以下に示す経文が最適かと思います。


若熱病、若一日、若二日、若三日、若四日、乃至七日、若常熱病、〈中略〉乃至夢中、亦復莫悩（若しくは熱病せしむること、若しは一日、若しは二日、若しは三日、若しは四日、若しは乃至、七日にしても、若しくは常に熱病せしむるにしても、〈中略〉乃至、夢の中にてもまた、悩ますことなかれ〈(下) 二八二頁〉）

〈十羅刹〉と鬼子母が唱えた呪文の内容に相当する部分で、熱病等に代表されるあらゆる病魔・障害を消除すると言うのです。

勿論、経文には前提として、『法華経』を読誦し、受持し、修行する者を擁護するためという目的が説かれています。

ともあれ、〈仏〉にも譬えられる源氏の存在は、仏教護持者でもあり、そのような人間の熱病を治癒する〈聖〉のありようは、〈薬王菩薩〉や〈鬼子母〉に相当するといってもよいでしょう。

②不断経の暁がたの、居かはりたる声のいと尊きに、阿闍梨も夜居にさぶらひてねぶりたる、うちおどろきて陀羅尼よむ（「総角」の巻、第十巻四九三頁）

薫は、大君の病気平癒のために、〈不断経〉を行わせます。『法華経』を日夜間断なく読誦させたのです。十二人の僧が交替で任に当たりました。

夜明け前の時間、「陀羅尼品」に移ったのでしょうか。深夜の祈禱で居眠りがちだった老阿闍梨も、目をさまして〈呪文〉を合唱します。大君の場合も熱がある病気でした。やはり、鬼子母と羅刹女の呪文を一心に唱えたのでしょう。

——⒀「妙荘厳王本事品」

〈妙荘厳王〉という王と、〈浄徳〉という女王と、〈浄蔵〉・〈浄眼〉という二人の王子の説話が記されている経文です。

父親の王が、二人の息子と夫人の感化によって『法華経』に帰依したという話ですが、〈明石御方〉が、母親の尼君と、源氏との間に生まれた姫君を伴って上京する離別の段に、次のような歌が詠まれています。

いくかへり行きかふ秋を過ぐしつゝ浮き木にのりてわれかへるらむ（「松風」の巻、第四巻九三頁）

父入道との別れです。〈浮き木〉は頼りない舟を意味しているようですが、この舟に乗って上京し、源氏との生活が始まり、御方も姫君も運が開けていったのです。このことは、〈仏〉に値うことが非常に難しいことの譬えである、「一眼の亀の浮木の孔」の説話に結びつくようです。「妙荘厳王本事品」の経文を見てみましょう。

仏難得値、如優曇波羅華、又如一眼之亀、値浮木孔（仏に値いたてまつることを得ること難きこと、優曇波羅の華の如く、一眼の亀の、浮木の孔に値うが如ければなり〈(下)二九八頁〉）

――⒁「普賢菩薩勧発品」

①なもたうらいだうし、とぞ、をがむなる、〈中略〉この世とのみは思はざりけり、〈中略〉弥勒の世をかねたまふ（「夕顔」の巻、第一巻三九九～四〇〇頁）

源氏が泊まった〈夕顔〉の家は、京の五条の、ごみごみした環境にありました。人目を避けて過ごしていた夕顔の家は小さく、周辺の家の様子までが耳に聞えます。

隣家の老人が、「南無当来導師」と拝んでいるようです。源氏と夕顔も、〈未来仏〉といわれる当来導師（弥勒菩薩）の教えにあやかりたいのです。二世を誓う愛でした。この世だけではなく、弥勒菩薩が出現するという来世までを契るのです。「普賢菩薩勧発品」に次のような記述が見られます。

若有人受持読誦、解其義趣、是人命終、〈中略〉即往兜率天上、弥勒菩薩所（若し人ありて、受持し読誦し、その義趣をさとらば、この人命終するとき、〈中略〉即ち兜率天上の弥勒菩薩のみもとに往く〈(下）三二八頁〉）

法華経を信じ行じ学する人は、普賢菩薩の守護により、仏（釈尊）入滅の後も、弥勒菩薩のもとで救われるというのです。

②あなかたはと見ゆるものは、御鼻なりけり、〈中略〉普賢菩薩の乗り物とおぼゆ（「末摘花」の巻、第一巻二一六頁）

〈末摘花〉（故常陸宮の姫君で源氏が通った女性の一人）の容貌についての描写です。

彼女の鼻が普賢菩薩の乗り物の鼻に似ている、というのです。その乗り物は〈白象〉ですので、象の鼻のように長い感じだというのです。

この姫君に対しては気の毒な感想ですが、それはそれとして、当時の貴族一般が、普賢菩薩の存在をよく知っていた、ということがわかります。

経文を見てみましょう。


読誦此経、我爾時乗、六牙白象王、與大菩薩衆、倶詣其所、而見現身、供養守護、安慰其心（この経を読誦せば、われはその時、六牙の白象王に乗り、大菩薩衆と倶にその所にいたりて、自ら身を現わし、供養し守護して、その心を安んじ慰めん〈（下）三二〇～三二一頁〉）

以上、『法華経』の経文や教説をふまえた、物語の記述・表現について、「序品」から「普賢菩薩勧発品」までの概要を見てきましたが、「方便品」と「提婆達多品」と「観世音菩薩普門品」の影響が強いということがわかります。

〈女人成仏〉〈観音信仰〉といった当時における、女性の人生テーマが如実に反映されています。

これはそのまま、作者である紫式部という女性の人生のテーマであったのです。

源氏年齢	物語巻名	主要事件	釈尊説法
①～⑫	桐壺	源氏誕生	華厳時
		賜姓源氏	(21日間)
		藤壺入内	阿含時
		婚姻(葵上)	(12年間)
⑰～㉜	帚木～朝顔	藤壺との密通	方等時
		朱雀帝即位	(16年間)
		婚姻(紫上)	
		須磨落ち	
		婚姻(明石君)	
		源氏帰京	
		冷泉帝即位	
		明石姫君誕生	
		藤壺崩御	
㉝～㊺	乙女～若菜上	六条院完成	般若時
		夕霧婚姻	(14年間)
		明石姫君東宮入内	
		源氏準太上天皇	
		女三宮降嫁	
		明石姫君出産	
㊻～㊿④?	若菜下～	今上即位	法華涅槃時
	幻・(雲隠)	紫上病臥	(8年間)
		女三宮密通	
		薫誕生	
		紫上死去	
		源氏(出家・死去)	

六　『源氏物語』と『法華経』の構成

——(1)光源氏の生涯と釈尊の説法

光源氏五十余年の生涯と、釈尊の五十年間の説法について、少しく考えてみましょう。（前頁の表参照）

〈生・老・病・死〉という四苦は、源氏の場合には、四十七歳に至って〈老苦〉として意識されるようになります。四十歳の時に迎えた妻の〈女三宮〉と〈柏木〉の密通事件がそれでした。兄宮〈朱雀院〉の五十賀の試楽に、源氏は柏木を招き、宴の席で皮肉を言います。

過ぐるよはひに添へては、酔ひ泣きこそとゞめがたきわざなりけれ、衛門の督心とゞめてほゝゑまるゝ、いと心はづかしや、さりとも今しばしならむ、さかさまにゆかぬ年月よ、老いはえのがれぬわざなり（「若菜下」の巻、第七巻四九九頁）

わが妻と密通した若輩の柏木に、源氏は痛烈な一言を浴びせたのです。「老いは必ずやってくる、若さに驕るな」と。

源氏物語		法華経　三段分	
桐壺（一巻）	光源氏誕生 賜姓源氏 藤壺宮入内	序分	無量義経、序品 （一経一品）
帚木〜若菜下（三十四巻）	光源氏栄華物語 紫上苦悩物語 光源氏衰亡物語前半	正宗分	方便品〜 分別功徳品前半 （十五品半）
柏木〜夢浮橋（十九巻）	光源氏衰亡物語後半 宇治十帖	流通分	分別功徳品後半〜 普賢経 （一経十一品半）

また、〈紫上〉の病と死を、源氏は四十七歳と五十一歳の時に体験しました。最愛の妻の病苦と死苦は、そのまま源氏の人生苦でもあったのです。すべてが晩年の八年間に起こりました。釈尊における説法時の第五時である〈法華涅槃時〉に重なる時期でした。

――(2)『源氏物語』と法華経三段分

〈三段分〉とは、仏教を講ずる際の三段構成のことで、〈序分〉と〈正宗分〉と〈流通分〉のことです。

準備（序論）・開説（本論）・宣伝（流伝）といった目的による三段構成ですが、『源氏物語』にも、そうした意図が見られなくもないといった〈仮説〉を述べてみたいと思います。

上の表は、〈五重三段〉という教法批判における〈第二重〉の「法華一経十巻三段」の立て分けです。『法華経』全体（開経・結経もふくむ）の中での三段区分ですから、どうしても〈正宗分〉に相当する部分が多くなっています。

ともあれ、この〈正宗分〉に、『源氏物語』の主要部分がすべて含まれています。正篇〈光源氏物語〉における主な人物も、「若菜下」の巻までには皆登場しています。

事件としては、〈柏木〉の死去、〈夕霧〉の好き事、〈紫上〉の病と死などは、「柏木」の巻以降の〈流通分〉に位置づけられていますが、〈四苦〉の問題も、〈煩悩〉の課題も決して新しい主題ではなく、〈正宗分〉である「若菜下」の巻までに、既に展開されてきたものなのです。

例外として二つだけ取り上げれば、〈浮舟〉における自死の思いと、〈薫〉と〈横川僧都〉による浮舟還俗といった主題になるでしょうか。これらとて、〈光源氏〉や〈紫上〉の〈愛と死〉のテーマに比べれば、そう重大なものではない筈です。

――(3)『源氏物語』三部構成と『法華経』本迹二門

『源氏物語』の根本主題は、「若菜上」と「若菜下」の二巻に描かれている、源氏や紫上の〈愛執の煩悩〉や〈老・病の二苦〉に尽きると思われます。

紫上という愛妻の存在にもかかわらず、〈女三宮〉という新しい妻を迎える源氏、そうした夫と別れられない紫上の苦悩と、その果ての病臥、そしてまた、若い妻が若い世代の〈柏木〉と通じてしまったが故の、夫源氏の老苦等々、〈死〉を遠からず迎えようとする晩年の悲劇こそが、

源氏物語	法華経
第一部（31巻）　桐壺〜藤裏葉	迹門（14品）　序品〜安楽行品
第二部（8巻）　若菜上〜幻	本門（14品）　従地涌出品〜普賢菩薩勧発品
第三部（13巻）　匂宮〜夢浮橋	

ヒーローとヒロインにおけるドラマのクライマックスなのです。

　ところで、前述の(2)と(3)の構成を併せ考えてみますと、〈本門〉冒頭部に相当する「若菜上」の巻は、〈五重三段〉の〈第四重〉「本門脱益三段」の〈序分〉にあてはまり、続く「若菜下」の巻は、〈正宗分〉の〈一品二半〉（「従地涌出品」の後半と「如来寿量品」と「分別功徳品」の前半）にあてはまると見ることができます。

　更に想像が許されるならば、〈第五重〉「文底下種三段」の〈序分〉は、『竹取物語』から『源氏物語』第一部まで、〈流通分〉は、『源氏物語』第二部の「柏木」の巻から、それ以後の物語全般、そして〈正宗分〉は『源氏物語』「若菜上」「若菜下」の二巻となるわけです。

　いずれにしましても、この「若菜」二巻にこそ、作者紫式部における人生の主題もまた鏤められていたのだ、ととらえることができます。

第四章　『梁塵秘抄』と『法華経』

一　巻第一の概要

平安時代末期の一一七九年、後白河院（一一二七～一一九二年）によって編集された歌謡集が『梁塵秘抄』です。

もともと全二十巻（歌集十巻、口伝集十巻）より構成されていましたが、現存するのは、歌集〈巻第一〉の一部分と〈巻第二〉、口伝集〈巻第一〉の一部分と〈巻第十〉のみの、二十パーセントあまりの分量でしかありません。

巻第一の目録には、「長歌十首」、「古柳三十四首」、「今様二百六十五首」（春十三首、夏七首、秋十五首、冬九首、四季八首、二季八首、祝八首、月九首、恋十四首、思十二首、怨二十首、別四首、雑上七十六首、雑下六十二首）と、歌の数が明記されています。

この数量から歌謡集の体裁を推量しますと、『万葉集』よりは小さくても、『古今和歌集』や『新古今和歌集』より大きな規模であったと思われます。

ところで、ここに記されている〈長歌〉は、『万葉集』などに見られる長歌体の歌のことではなく、いわゆる短歌体に、「そよ」という囃し詞が最初に付いて歌われたものです。

「長歌十首」の内訳は、〈祝〉一首、〈春〉二首、〈夏〉一首、〈秋〉一首、〈冬〉一首、〈雑〉三首となっています。

一例として〈祝〉の歌を見てみましょう。

そよ、君が代は千世に一度ゐる塵の白雲かゝる山となるまで（日本古典文学大系、三四一頁、本文の引用は、特に断らない限り、「大系」の本文による）

この歌は、『後拾遺和歌集』（一〇八六年成立）巻第七「賀」の部に収められている大江嘉言の歌に、「そよ」という囃し詞だけを冠して、祝賀の意を込め、開巻冒頭に据えたのでしょう。〈梁塵〉という集名も、歌語としては、「ゐる塵」に由来すると思われます。勿論、基本的には、中国の故事（『劉向別録』）に由来する「すぐれた歌声」の意味でしょう。

本抄自体の中でも、次のように紹介しています。

梁塵秘抄と名づくる事。虞公韓娥といひけり。声よく妙にして、他人の声及ばざりけり。聴く者賞で感じて涙おさへぬばかり也。謡ひける声の響きに、梁の塵起ちて三日居ざりければ、梁の塵の秘抄とはいふなるべし（三四五頁）

「虞公」は古代中国における〈魯〉の国（山東省慶州府のあたり）のすぐれた歌手で、「韓娥」は〈韓〉の国（河南省中部）の歌手です。

二人の歌声は素晴らしく、梁の上の塵をも感動させた、というのですが、典拠になっている漢籍の意味内容は異なっています。

前者の場合は、「魯人虞公発レ声。清哀蓋動二梁塵一」（『劉向別録』）とあり、虞公の歌声が素晴しく、梁の上の塵まで動かしたといいます。

後者の場合は、「韓娥東之レ斉。〈中略〉余音繞二梁欐一、三日不レ絶」（『列子』湯問篇）とあり、韓娥の歌声の余韻が梁や棟（欐）のあたりに残っていて、三日間も絶えなかったといいます。

こうしてみますと、前者の内容があてはまるのですが、「三日」という記述は、後者を出典にしたものでしょう。

次の「古柳三十四首」の〈古柳〉は歌体ではなく、歌の内容（歌詞）によるものと思われます。〈春〉五首のうち一首のみ現存しますが、それを示しましょう。

そよや、小柳によな、下がり藤の花やな、咲き匂ゑけれ、ゑりな、睦れ戯れ、や、うち靡きよな、青柳のや、や、いとぞめでたきや、なにな、そよな（三四二頁）

囃し詞を除いた音数は、五・八・七・七・五・五・七となり、『万葉集』などの歌体には見られない変型のものです。

最後の「今様二百六十五首」の〈今様〉は、七・五音調四聯から成る歌体の名称です。『梁塵秘抄』の歌謡中、この歌体による歌が最も多いところから、この集は〈今様歌謡集〉とも呼ばれています。

近代の定型詩や民謡・歌謡曲にもしばしば見られる形態です。

まだあげ初めし前髪の
林檎のもとに見えしとき
前にさしたる花櫛の
花ある君と思ひけり
（島崎藤村、『若菜集』「初恋」）

酒は飲め飲め飲むならば
日の本一のこの槍を
飲みとる程に飲むならば
これぞまことの黒田武士
（民謡「黒田節」）

俺は河原の枯れすすき
おなじお前も枯れすすき
どうせ二人はこの世では
花の咲かない枯れすすき
（野口雨情、「船頭小唄」）

〈春〉十四首の中から一首だけ見てみましょう。

春の初の歌枕、霞たなびく吉野山、鶯佐保姫翁草、花を見すてて帰る雁（三四三頁）

ところで、「今様二百六十五首」に収められている歌で、巻第二の「法文歌」と重複している歌が四首ほど見られます。
その中の一首は、次のような歌です。

釈迦の月は隠れにき、慈氏の朝日は未だ遙か、その程長夜の闇きをば、法花経のみこそ照らいたまへ（三四四頁）

『法華経』が最高の法文であることを歌っています。釈尊が入滅し、慈氏（弥勒菩薩）の出現までの長い闇の時間を、『法華経』だけが照らしてくれるというのです。

『法華経』の「随喜功徳品」に説かれる経文に拠っていると思われます。

爾時弥勒菩薩摩訶薩、白仏言、〈中略〉世尊滅度後、其有聞是経、若能随喜者、為得幾所福、爾時仏告、〈中略〉若有勧一人、将引聴法華、言此経深妙、〈中略〉何況一心聴、解説其義趣、如説而修行、其福不可限（その時、弥勒菩薩・摩訶薩は、仏に申して言わく、〈中略〉「世尊の滅度の後に、それこの経を聞くことありて、若し能く随喜せば、幾ばくの福を得べきや」と。その時、仏は告げたもう、〈中略〉「若し一人をも勧め、ひきいて法華を聴かしむること有りて、『この経は深妙である』と言う。〈中略〉いかに況んや一心に聴き、その意味を解説し、説の如く修行せんをや、その福は限るべからず」と〈(下) 七二～八八頁〉）

仏教史的には、釈尊が滅後に託した仏教の流布は、『法華経』の教えだけが、闇を照らす光として輝いている、という原理を歌っているといっていいでしょう。

もしかしたら、〈末法〉という時代の〈仏〉の存在を希求しているのかも知れません。

重複している巻第二の「法文歌」は、第二聯が少しく異なっています。

「慈氏の朝日はまだ遙かなり」（三七九頁、傍点筆者）とあり、「なり」の部分が、七五調からはみ出ています。巻第一の歌体の方が整っていることは明らかです。

ともあれ、現存する巻第一の全歌数は二十一首のみで、〈目録〉に記載されている総数三百九首の僅か七パーセント弱です。

二　巻第二の構成

巻第二の〈目録〉に従って、〈部立て〉などの構成を示すと、次のようになります。（アルファベットや歌数以外の数字は筆者）

A　法文歌二百二十首

㈠仏歌二十四首

㈡法歌百三十五首

(1)花厳経一首

(2)阿含経二首

(3)方等経二首

(4)般若経三首

①無量義経一首
②普賢経一首
(5)法華経百十五首
懺法歌一首
③涅槃歌三首
極楽歌六首
㈢僧歌十首
雑法文五十首（五十一首）
B 四句神歌百七十首（二百四首）
㈠神分三十六首（三十五首）
㈡仏歌十二首（十一首）
㈢経歌八首（七首）
㈣僧歌十三首（十二首）
㈤霊験所歌六首（九首）
㈥雑八十六首（百三十首）
C 二句神歌百十八首（百二十一首）
㈠四十九首

㈡神社歌六十九首
㈢十一首

Aの「法文歌」は、いわゆる〈釈教歌〉に相当するものです。Bの「四句神歌」とCの「二句神歌」は、どちらも「神歌」と記されていますが、〈部立て〉からも分かりますように、〈法文〉の歌も含まれています。

〈四句〉と〈二句〉の違いは、前者が〈短歌体五・七・五・七・七〉以外の歌体、後者が〈短歌体〉を意味しています。

「法文歌」が〈釈教歌〉に相当するのに対し、「神歌」は〈神楽歌〉や〈神祇歌〉に相当するものでしょう。

それでは、A「法文歌」の構成について、説明したいと思います。

㈠・㈡・㈢の三章構成は、『三宝絵詞』などにも見られた、〈三宝〉による構成です。

また、(1)〜(5)の五節構成は、〈五時の説法〉による構成です。そしてまた、①・②・(5)は、『法華経』の〈開経〉と〈結経〉を含めた〈法華経十巻〉を示しているでしょう

更に、(5)・③も〈五時の説法〉による「法華・涅槃時」を示しています。このような構成意識から、編者である後白河法皇の並み並みならぬ仏教への関心がうかがえます。

〈三宝〉と〈五時〉による〈部立て〉、「法華経二十八品」歌の数量の圧倒的な多さからも、『法

華経』最第一という、当時の仏教的実状が、はっきりと浮かんできます。

後白河院は鳥羽天皇の第四皇子で、母親は美貌で名高い藤原璋子です。源平の争乱を陰であやつり、皇室権力の強大化を謀った〈大天狗〉として有名ですが、文化的方面でも、文学・音楽などの分野ですぐれた業績を示しました。

文学と音楽の二分野にまたがる業績の一つが、この『梁塵秘抄』の編集です。一一五五年に即位、在位四年にして譲位、上皇として長期の院政をしきます。

一一六九年出家、法名は「行真」、建春門院と呼ばれた皇后も、仏道心の篤い人で

『百人一首』の「玉の緒よ……」で有名な式子内親王は、法皇の第三皇女です。なお、「四句神歌」の㈡・㈢・㈣も、〈三宝〉による構成であることを付け加えておきます。

さて、歌の幾つかについて概観しましょう。

A「法文歌」〈仏歌〉

釈迦の正覚成ることは、この度初めと思ひしに、五百塵点劫よりも、彼方に仏と見えたまふ

（三四七頁）

『法華経』「如来寿量品」に説かれる〈久遠実成〉の教えに拠ったもので、経文には次のように記されています。

我実成仏已来、無量無辺、百千万億、那由他劫、譬如五百千万億、那由他、阿僧祇、三千大千世界、仮使有人、抹為微塵（われは実に成仏してより已来、無量無辺百千万億那由他劫なり、譬えば、五百千万億那由他阿僧祇の三千大千世界を、たとい、人ありてすりて微塵となし〈(下)一一二頁〉

次の歌も、「如来寿量品」の経文に拠ったものでしょう。

仏は常に在せども、現ならぬぞあはれなる、人の音せぬ暁に、仄かに夢に見えたま[illegible]七頁〉

経文には次のように記されています。

我常在於此、以諸神通力、令顚倒衆生、雖近而不見（我は常にここに住すれど[illegible]諸々の神通力をもって、顚倒の衆生をして、近しと雖もしかも見ざらしむ〈[illegible]三〇頁〉

仏の生命が永遠であることを歌ったものでしょう。

次に〈僧歌〉の例を示しましょう。

十首のうち七首までが〈迦葉尊者〉を歌ったもので、〈僧〉の代表者は、釈尊の弟子ということになっています。


迦葉尊者の裳の裾は、文殊の袂に打ち羽振き、大智人の佩ける太刀、大悲の膝にぞ解き懸けし（三七六頁）

この歌の典拠は、『法華経』以外の経典と思われます。『菓手経』や『大宝積経』の経文をふまえた内容のようです。

次に〈雑法文歌〉を幾つか見てみましょう。


釈迦の説法聴きにとて、東方浄妙国土より、普賢文殊は師子像に乗り、娑婆の穢土にぞ出でたまふ（三七九頁）

「普賢菩薩勧発品」における、次のような経文が思い浮かびます。

爾時普賢菩薩、〈中略〉従東方来、〈中略〉読誦此経、我爾時乗、六牙白象王、与大菩薩衆、倶詣其所（その時、普賢菩薩は、〈中略〉東方より来れり。〈中略〉この経を読誦せば、我はその時、六牙の白象王に乗り、大菩薩衆とともに、その所に詣りて〈（下）三一六〜三二〇頁〉）

次に示す一首は、「提婆達多品」に拠ったものです。

龍女は仏に成りにけり、などか我等も成らざらん、五障の雲こそ厚くとも、如来月輪隠されじ（三八一頁）

経文を見てみましょう。

又女人身、猶有五障〈中略〉龍女成仏（又、女人の身には、猶、五つの障りあり。〈中略〉龍女の成仏して〈（中）二二二〜二二四頁〉）

なお、歌の中の「如来月輪」については、『心地観経』などを参考にしているのかも知れません。

それでは次に、Ｂ「四句神歌」の〈三宝歌〉に相当する歌を見ることにします。

〈仏歌〉

釈迦の住所は何処何処ぞ、法華経の六巻の自我偈にや説かれたる、文ぞかし、常在霊鷲山に並びたる、及余諸住所は其処ぞかし（三九四頁）

『法華経』第六の巻「如来寿量品」の〈自我偈〉の経文に拠った歌です。

常在霊鷲山、及余諸住処（常に霊鷲山及び余の諸々の住処に在るなり〈(下)三三頁〉）

〈経歌〉（法歌）七首のうち、六首までが『法華経』に拠った歌です。

総論一首、「見宝塔品」一首、「提婆達多品」三首、「方便品」一首の構成になっています。

総論の歌

法華経八巻は一部なり、拡げて見たればあな尊、文字毎に、序品第一より、受学無学作礼而去に至るまで、読む人聞く者皆仏（三九五頁）

「序品」第一の〈復有学無学二千人〉(上)一〇頁)と、「普賢菩薩勧発品」第二十八の〈作礼而去〉(下)三三六頁)の経文に拠った歌です。

残りの一首は、〈五時の説法〉を主題にした歌です。

ⓐ鷲の行なふ法華経は、ⓑ鹿が苑なる草の枕、草枕、ⓒ白鷺が池なる般若経、ⓓ鶴の林の永き祈りなりけり(三九五頁、傍線等筆者)

ⓐは、〈霊鷲山〉で説かれた『法華経』のこと、ⓑは、〈鹿野苑〉で説かれた『阿含経』のこと、ⓒは、〈白鷺池〉で説かれた『般若経』のこと、ⓓは、〈鶴林〉で説かれた『涅槃経』のことを意味しています。

ⓐは〈鷲〉、ⓑは〈鹿〉、ⓒは〈鷺〉、ⓓは〈鶴〉という鳥獣も配されています。

ⓐとⓓが〈法華涅槃時〉、ⓑが〈阿含時〉、ⓒが〈般若時〉と、五時のうち三時が歌われています。

〈僧歌〉には、天台大師(智顗)や伝教大師(最澄)を讃嘆した歌などが見られます。

天台大師は能化の主、眉は八字に生ひ分かれ、法の使に世に出でて、殆と仏に近かりき(三

九六頁）

天台大師は天台三大部（『法華文句』、『法華玄義』、『摩訶止観』）の著者で、〈像法〉時代の正師です。

釈尊滅後の「法の使」の代表者であり、正に像法時代の〈仏〉のような存在でした。「法の使」という点では、『法華経』「法師品」の次のような経文が思い合わされます。

我滅度後、能竊為一人、説法華経、乃至一句、当知是人、則如来使（わが滅度の後に能く竊かに、一人のためにも、法華経の乃至一句を説かば、当に知るべし、この人は則ち如来の使なり〈（中）一四四頁〉）

次に、C「二句神歌」の中から、『法華経』に関係する歌を紹介します。

法華経の薪の上に降る雪は、摩訶曼陀羅の花とこそ見れ（四二九頁）

「雪」を「花」と見立てた短歌体の〈神歌〉で、「提婆達多品」と「如来寿量品」の経文を思いやってのものでしょう。

「採菓汲水、拾薪設食（このみを採り、水を汲み、薪を拾い、食を設く〈（中）二〇六頁〉）」と、「雨曼陀羅華、散仏及大衆（曼陀羅華をふらして、仏及び大衆に散ず〈（下）三二頁〉）」の経文でしょうか。

三　『法華経』二十八品歌の構成と展開

先ず最初に、〈開経〉と〈結経〉に相当する、『無量義経』と『仏説観普賢菩薩行法経』を題材にした歌を見ておくことにします。

無量義経の蕚花、霊鷲の峰にぞ開けたる、三十二相は木の実にて、四十二にこそ熟りにけれ（三五三頁）

『無量義経』の各経文に拠った歌です。

従於一法生百千義、百千義中、一一復生百千万数、如是展転、乃至無量無辺之義、是故此経名無量義（一法より百千の義を生じ、百千の義の中より一一にまた百千万数を生じ、是の如く展転して、乃至無量無辺の義あり、是の故に此の経を無量義と名づく、〈「十功徳品」第

三〉『法華経一字索引』六頁第一段）

「無量義は一法より生ず」の教理です。

如是等相三十二、八十種好似可見（是の如き等の相三十二あり、八十種好見るべきに似たり〈「徳行品」第一〉同前二頁第二〜第三段）

〈三十二相八十種好〉という、〈仏〉の相好を歌っています。

四十余年未顕真実（四十余年には未だ真実を顕さず〈「説法品」第二〉同前四頁第二段）

「四十余年未顕真実」の教説を歌っています。

積もれる罪は夜の霜、慈悲の光に副へずは、行者の心を鎮めつゝ、実相真如を思ふべし（三五三頁）

『仏説観普賢菩薩行法経』の次の経文に拠った歌です。

序品	5首	涌出品	2首
方便品	9	寿量品	3
譬喩品	6	分別功徳品	3
信解品	2	随喜功徳品	4
薬草喩品	4	法師功徳品	3
授記品	4	不軽品	4
化城喩品	3	神力品	2
五百弟子品	4	嘱累品	5
人記品	4	薬王品	4
法師品	7	妙音品	2
宝塔品	5	普門品	4
提婆品	10	陀羅尼品	5
勧持品	2	妙荘厳王品	4
安楽行品	3	普賢品	3

若欲懺悔者、端座思実相、衆罪如霜露、慧日能消除（若し懺悔せんと欲せば、端座して実相を思え、衆罪は霜露の如し、慧日能く消除す、同前八八頁第一段）

「端座して実相を思え」の教理を歌っています。

それでは次に、二十八品歌の歌数を示すことにします。（〈上表〉参照。「品」の名称は略称）

「提婆達多品」に拠った歌が十首と最も多く、次いで「方便品」の九首、「法師品」の七首、「譬喩品」の六首と続きます。

これらの四品は、いわゆる〈迹門〉に属し、全体としても、〈迹門〉六十八首、〈本門〉四十七首と、〈迹門〉の方が二十首ほど多くなっています。

ちなみに、経文自体も、総じて〈迹門〉の方が長文（「譬喩品」、「化城喩品」、「方便品」がベスト三）で、〈本門〉の方が短文（「嘱累品」、「如来神力品」、「随喜功徳品」がベスト三）になっています（前者六五パーセント、後者三五パーセント）。

それにしても、経文としては短い方の「提婆達多品」（十七位程度）に拠った歌が最も多いということは、当時における「提婆品」の人気、『法華経』第五巻の重要性がうかがわれます。『源氏物語』の愛読者で知られる『更級日記』の作者も、その作品の中に次のように記していました。

心も得ず心もとなく思ふ源氏を、一の巻よりして、人もまじらず、木ちやうの内にうち臥してひき出でつゝ、見る心地、后のくらゐも何にかはせむ。〈中略〉夢にいと清げなる僧の、黄なる地の袈裟着たるが来て、「法華経五巻をとくならへ」といふ（日本古典文学大系二〇、四九三頁）

『源氏物語』全帖を、親戚のおばさんから頂いた十四歳の作者が、物語に熱中し、〈后の位〉なども意に介さなかったころ、夢の中に現れた僧侶が、『法華経』第五巻の習得を示唆したというのです。

后の位よりもまさる『源氏物語』耽読の喜び、それと対比的に、或はそれ以上に重大な『法華経』第五巻の習得を示唆されたと記す背景には、当時の仏教観は勿論のこと、作者の仏教意識の確かさも存在したのです。
また、当時しばしば行われた〈法華八講〉という四日間にわたって『法華経』を二巻ずつ講義をする催しにおいても、〈五巻の日〉（三日目の午前）が最も有名で重要であったことは、『源氏物語』のみならず、日記文学や和歌文学においても明らかなことです。
女流文学における〈女人成仏〉、人生における〈悪人成仏〉のテーマは、何といっても魅力的であったと思われます。

それでは、各品毎にどのようなテーマが歌われているのか見ていくことにします。

――(1)序品　五首
空より花降り地は動き、仏の光は世を照らし、弥勒文殊は問ひ答へ、法花を説くとぞ予て知る（三五三頁、傍線等筆者）

典拠と思われる経文は次のとおりです。

爾時弥勒菩薩、〈中略〉而問文殊師利言、〈中略〉眉間白毫、大光普照、雨曼陀羅、曼殊沙華、〈中略〉六種震動（その時、弥勒菩薩は、文殊師利に問うて言わく〈中略〉眉間の白毫より、大光を普く照らしたもうや、曼陀羅曼殊沙華を降らし、〈中略〉六種に震動す〈(上)二三〜二四頁〉）

ⓐは〈雨華〉、ⓑは〈地動〉、ⓒは〈放光〉、ⓓは〈弥勒と文殊の問答〉といったテーマを歌った表現です。

ⓐは四首に、ⓑは三首に、ⓒとⓓは二首に、それぞれ表現されています。

――(2)方便品　九首

ⓐ〈童子の戯れ〉を歌ったもの三首、ⓑ〈十界十如〉を歌ったもの二首、ⓒ〈一実真如〉・〈一乗妙法〉を歌ったもの三首、ⓓ〈皆已成仏道〉・〈無一不成仏〉を歌ったもの一首に分類できそうです。

ⓐ古へ童子の戯れに、砂を塔となしけるも、仏に成ると説く経を、皆人持ちて縁結べ（三五五頁）

典拠と思われる経文は次のとおりです。

乃至童子戯、聚沙為仏塔、如是諸人等、皆已成仏道（乃至、童子の戯れに、沙を聚めて仏塔をつくれる、かくの如き諸々の人等は、皆、已に仏道を成じたり〈(上)一一四頁〉）

ⓑ釈迦の御法は多かれど、十界十如ぞ勝れたる、紫磨や金の姿には、我等は劣らぬ身なりけり

（三五四頁）

典拠と思われる経文は次のとおりです。

所謂諸法、如是相、如是性、如是体、如是力、如是作、如是因、如是縁、如是果、如是報、如是本末究竟等（謂う所は、諸法の是くの如きの相と、是くの如きの性と、是くの如きの体と、是くの如きの力と、是くの如きの作と、是くの如きの因と、是くの如きの縁と、是くの如きの果と、是くの如きの報と、是くの如きの本末究竟等となり〈(上)六八頁〉）

ⓒ法華は仏の真如なり、万法無二の旨を述べ、一乗妙法聞く人の、仏に成らぬはなかりけり

（三五五頁）

典拠と思われる経文は次のとおりです。

如来但以、一仏乗故、為衆生説法（如来は但、一仏乗をもっての故にのみ、衆生のために法を説きたもう〈（上）九〇頁〉

ⓓ法華経八巻が其の中に、方便品こそ頼まるれ、若有聞法者、無一不成仏と説いたれば（三五五頁）

典拠と思われる経文は歌の中に記されています。

若有聞法者、無一不成仏（若し法を聞くことあらん者は、一人として成仏せずということなからん〈（上）一一八頁〉

——(3)譬喩品　六首

ⓐ〈三車火宅の譬え〉を歌ったもの五首、ⓑ〈舎利弗の悟り〉を歌ったもの一首を収めています。

ⓐ幼き子どもは稚なし、三つの車を乞ふなれば、長者は我が子の愛しさに、白牛の車ぞ与ふなる（三五六頁）

典拠と思われる経文は次のとおりです。

我有種種、珍玩之具、妙宝好車、羊車鹿車、大牛之車、今在門外、汝等出来（我に種種の珍しき具たる、妙宝の好き車有り。羊車・鹿車、大なる牛の車にして、今、門外に在り。汝等よ、出で来たれ〈(上) 一九二頁〉）

ⓑ上根舎利弗先づ悟り、菩提樹果二人出でて、空を翔り隠れつゝ、八相仏に成りたまふ（三五六頁）

典拠と思われる経文は次のとおりです。

爾時舎利弗、踊躍歓喜〈中略〉白仏言、〈中略〉今従仏、聞所未聞、未曾有法、断諸疑悔、身意泰然、快得安穏（その時、舎利弗は踊躍し、歓喜して〈中略〉仏に申して言わく、〈中略〉

今、仏より未だ聞かざる所の未曾有の法を聞き、諸の疑悔を断じ、身も心も泰然として、快く安穏なることを得たり〈(上)一三四〜一三六頁〉

——(4)信解品　二首

二首とも、〈長者窮子の譬え〉を歌っています。一首目は〈長者〉(仏)の立場から、二首目は〈窮子〉(衆生)の立場からの歌です。

窮子の譬ぞあはれなる、親を離れて五十年、万の国に誘はれて、草の庵に留まれば(三五七頁)

典拠と思われる経文は次のとおりです。

捨父逃逝、久住他国、或十、二十、至五十歳、年既長大、加復窮困、馳騁四方(父を捨てて逃逝し、久しく他国に住して、或は十、二十より五十歳に至る。年既に長大して、ますます、また窮困し、四方に馳せはしる〈(上)二二四頁〉)

父親の愛情(仏の慈悲)がしみじみと伝わってきます。

――⑸薬草喩品　四首

三首の中に、〈一味の雨〉が歌われています。

釈迦の御法は唯一つ、一味の雨にぞ似たりける、三草二木は品々に、花咲き実なるぞあはれなる（三五七頁）

典拠と思われる経文は次のとおりです。

仏所説法、譬如大雲、以一味雨、潤於人華、各得成実〈仏の説く所の法は、譬えば大雲の、一味の雨をもって、人の華を潤して、各、実を成ずることを得せしむるが如し〈(上)二八四頁〉〉

――⑹授記品　四首

四首とも、〈四大声聞〉（迦葉、目連、須菩提、迦旃延）の成仏の保証を題材にしています。この保証のことを〈授記〉というのです。

釈迦の御弟子は多かれど、勝れて授記に与かるは、迦葉須菩提、や、迦旃延、目連よ、是等は後世の仏なり（三五八頁）

典拠と思われる経文は次のとおりです。

見是迦葉、於未来世、過無数劫、当得作仏、〈中略〉我大弟子、須菩提者、当得作仏、〈中略〉是大迦旃延、於当来世、〈中略〉具菩薩道、当得作仏、〈中略〉是大目揵連、〈中略〉当得成仏（この迦葉を見るに、未来世において、無数劫を過ぎて、当に仏となることを得べし、〈中略〉わが大弟子須菩提は、当に仏となることを得べし、〈中略〉この大迦旃延は、当来世において、〈中略〉菩薩の道を具して、当に仏となることを得べし、〈中略〉この大目揵連は、〈中略〉当に成仏することを得べし〈(上)三〇二〜三一八頁〉）

――(7)化城喩品　三首

〈大通智勝仏〉、〈十六王子〉、〈化城の譬え〉などが歌われています。

我等が疲れし処にて、息むる心し無かりせば、宝の処に近くとも、途中にてぞ帰らまし（三五九頁）

化城を作って休息させ元気づけるという方便力の心が無かったとしたなら、宝処の近くにいながら、途中で帰ってしまっただろうに、というのです。

典拠と思われる経文は次のとおりです。

汝等当前進、此是化城耳、我見汝疲極、中路欲退還、故以方便力、権化作此城、汝今勤精進、当共至宝所（汝等よ、当に前進すべし。これはこれ化城なるのみ。われは、汝が疲れ極まりて、中途に退き還らんと欲するを見るをもって、故に方便力をもって、かりにこの城を化作せるなり。汝は今、ねんごろに精進して、当に共に宝所に至るべし〈(中) 八八頁〉)

――(8)五百弟子品　四首

〈衣裏珠の譬え〉を歌ったものが三首、〈富楼那比丘〉を歌ったものが一首です。

親しき友の家に行き、酒に酔ひ臥し臥せ程、衣の裏に繋く珠を、知らぬ人こそあはれなれ（二六〇頁）

典拠と思われる経文は次のとおりです。

譬如貧窮人、往至親友家、其家甚大富、具設諸餚饍、以無価宝珠、繋著内衣裏、黙与而捨去、時臥不覚知（譬えば貧窮の人の、親友の家に往くが如し。その家、甚だ大いに富みて、具さに諸々のもてなしを設け、無価の宝珠をもって、内衣の裏に繋著し、黙して与えおいて去るに、時に臥して覚知せざりしなり〈(中)一一八頁〉）

――(9)人記品　四首

〈阿難尊者〉を歌ったものが三首、〈二千の声聞〉を歌ったものが一首です。

阿難尊者、如来の親しき弟子なり、疎からず、学地に住して年久し、大願深きによりてなり
（三六〇頁）

典拠と思われる経文は次のとおりです。

阿難常楽多聞、〈中略〉護持我法、亦護将来、諸仏法蔵、教化成就、諸菩薩衆、其本願如是（阿難は常に多聞をねがい、〈中略〉わが法を護持し、また将来の諸仏の法蔵をも護りて、諸々の菩薩衆を教化し成就せしめん。その本願は、かくの如し〈(中)一二八～一三〇頁〉）

――⑽法師品　七首

〈十種供養〉を題材にしたものが五首で、その中で二首が〈法華最大一〉の思想を歌っています。

ほかには、〈五種法師〉を題材にしたもの一首、〈高原穿鑿の譬え〉を題材にしたもの一首が歌われています。

二乗高原陸地には、仏性蓮花も咲かざりき、泥水掘り得て後よりぞ、妙法蓮華は開けたる（三六一頁）

典拠と思われる経文は次のとおりです。

如人渇須水、穿鑿於高原、猶見乾燥土、知去水尚遠、漸見湿土泥、決定知近水（人の、渇して水をもとめんとして、高原を穿ちほるに、猶、乾ける土を見ては、水を去ること、尚、遠しと知り、漸く湿える土泥を見ては、決定して水に近づきたりと知るが如し〈(中）一六〇～一六二頁〉）

――⑾宝塔品　五首

〈来集の諸仏〉を題材にしたものが四首、〈二仏並座〉を題材にしたものが一首です。

霊山界会の大空に、宝塔扉を押し開き、二人の仏を一度に、喜び拝み奉る（三六二頁）

典拠と思われる経文は次のとおりです。

即時釈迦牟尼仏、入其塔中、坐其半座、結跏趺坐、爾時大衆、見二如来、在七宝塔中、師子座上、結跏趺坐（その時、釈迦牟尼仏は、その塔の中に入り、その半座に坐して、結跏趺坐したもう。その時、大衆は、二人の如来の、七宝の塔の中の獅子座の上にましまして、結跏趺坐したもうを見たてまつる〈(中)一八八頁〉）

――⑿提婆品　十首

〈悪人成仏〉を題材にしたものが六首、〈女人成仏〉を題材にしたものが四首です。

釈迦の御法は受けずして、背くと人には見せしかど、千歳の勤めを今日聞けば、達多は仏の

師なりける（三六二頁）

典拠と思われる経文は次のとおりです。

時有仙人、来白王言、〈中略〉于時奉事、経於千歳、〈中略〉爾時王者、則我身是、時仙人者、今提婆達多是（時に仙人あり、来りて王に申して言わく、〈中略〉時につかうること千歳を経て、〈中略〉その時の王とは、則ちわが身これなり、時の仙人とは、今の提婆達多これなり〈(中) 二〇四〜二〇八頁〉）

女人五つの障りあり、無垢の浄土は疎けれど、蓮花し濁りに開くれば、龍女も仏に成りにけり（三六四頁）

典拠と思われる経文は次のとおりです。

女人身、猶有五障、〈中略〉即往南方、無垢世界、坐宝蓮華、〈中略〉龍女成仏（女人の身には、猶、五つの障りあり。〈中略〉すなわち、南方の無垢世界に往き、宝蓮華に坐して、〈中略〉龍女は成仏す〈(中) 二二二〜二二四頁〉）

――⒀勧持品　二首

二首とも、〈不惜身命〉を題材にしたものです。

我が身は夢に劣らねど、無上道をぞ惜しむべき、命は譬の如くなり、如来付嘱は誤たじ（三六五頁）

典拠と思われる経文は次のとおりです。

我不愛身命、但惜無上道（我は、身命を愛せずして、但、無上道のみを惜しむなり〈〈中〉二三八頁〉）

――⒁安楽行品　三首

〈髻中明珠の譬え〉や〈天諸童子〉を題材にしたものが見られます。

輪王頭に光あり、久しく隠して人知らず、法花経一度も聞く人は、頭の珠をぞ手に得たる（三六五頁）

典拠と思われる経文は次のとおりです。

能為難事、王解髻中、明珠賜之、如来亦爾（能く難事をなすものあらば、王は髻の中の明珠を解きて、これを賜うが如く、如来も亦、しかなり〈(中) 二七六頁〉）

――⒂涌出品　二首

二首とも、〈地涌の菩薩〉を題材にしたものです。

法華経此の度弘めむと、仏に申せど聴されず、地より出でたる菩薩達、其の数六万恒沙なり（二六六頁、傍線筆者）

傍線部は、いわゆる〈迹化の菩薩〉が仏滅後の弘経を申し出たが許されなかったことを歌ったもので、経文には次のように記されています。

世尊、若聴我等、於仏滅後、〈中略〉広説之、〈中略〉止善男子、不須汝等、護持此経（「世尊よ、若しわれ等に、仏の滅後において、〈中略〉広くこれを説きたてまつるべし」と。〈中略〉

「止めよ、善男子よ、汝等の、この経を護持することをもちいず」〈(中) 二八四頁〉

——⒃寿量品　三首

仏の永遠の生命が説かれている、最も根本になる経文です。〈常在霊鷲山〉の経文に拠った歌が二首見られます。

仏は霊山浄土にて、浄土も変へず身も変へず、始めも遠く終はり無し、されども皆是れ法花なり　(三六六頁)

前後の経文も記してみましょう。

於阿僧祇劫、常在霊鷲山、及余諸住処、〈中略〉我此土安穏、天人常充満　(阿僧祇劫において、常に霊鷲山及び余の諸々の住処に在るなり。〈中略〉我が此の土は安穏にして、天・人、常に充満せり〈(下) 三二頁〉傍線筆者)

——⒄分別功徳品　三首

仏が、衆生の代表である〈弥勒菩薩〉に、生命の永遠不滅を信じる功徳を説いたときの光景を歌ったもの一首、『法華経』を持つ功徳を歌ったもの二首が収められています。前者の例を示しましょう。

釈迦の説法説く場に、幡蓋風に翻し、多摩羅跋香充ち満ちて、喜見城より華ぞ降る（三六七頁）

典拠と思われる経文は次のとおりです。

仏説是諸菩薩摩訶薩、得大法利時、於虚空中、雨曼陀羅華、〈中略〉衆宝香炉、焼無価香、〈中略〉有諸菩薩、執持幡蓋、次第而上、至于梵天（仏は、この諸々の菩薩・摩訶薩の、大いなる法利を得しことを、説きたもう時、虚空の中より曼陀羅華をふらして、〈中略〉衆宝の香炉に無価の香を焼き、〈中略〉諸々の菩薩ありて、幡蓋を執持し、次第に上りて梵天に至れり〈（下）四二一～四四頁〉）

――⒅随喜功徳品　四首

〈五十随喜（五十展転）〉を題材にした歌が二首、〈陀羅尼菩薩〉を題材にした歌が一首、他に、『華厳経』に拠ったものと思われる歌が一首収められています。

法華経説かる丶所にて、語り伝ふる聞く人の、功徳の量りを尋ぬれば、五十随喜ぞ量り無き
（三六七頁）

典拠と思われる経文は次のとおりです。

如是第五十人、展転聞法華経、随喜功徳、尚無量無辺、阿僧祇（かくの如く第五十の人の、展転して法華経を聞きて随喜せん功徳は、尚、無量無辺阿僧祇なり〈（下）八〇頁〉）

——⑲法師功徳品　三首

〈六根清浄の功徳〉や〈五種法師〉を題材にした歌が目につきます。

釈迦の御法を聞きしより、身は澄みきよき鏡にて、心覚り知ることは、昔の仏に異ならず
（三六八頁）

典拠と思われる経文は次のとおりです。

若持法華経、其身甚清浄、如彼浄瑠璃、衆生皆喜見、又如浄明鏡、悉見諸色像、菩薩於浄身、皆見世所有、唯独自明了、余人所不見（若し法華経を持たば、その身甚だ清浄なること、彼の浄き瑠璃の如くにして、衆生は皆、見んことを喜ばん。又、浄明なる鏡に、悉く諸々の色像を見るが如く、菩薩は浄身において、皆、世のあらゆるものを見るに、唯独り、自ら明了にして、余人の見ざる所ならん〈（下）一一八〜一二〇頁〉）

〈如浄瑠璃〉や〈如浄明鏡〉を題材にした歌です。真の〈法師〉とは、『法華経』の教えを弘める人で、六根清浄の純粋な人で、人々の心を見通すことができる、仏のような存在なのです。〈善男子〉や〈善女人〉で『法華経』の受持者が〈法師〉であり、〈僧侶〉の意ではないのです。

——(20)不軽品　四首

〈不軽大士（不軽菩薩）〉や〈我深敬汝等〉を題材にした歌が目につきます。

不軽大士ぞあはれなる、我深敬汝等と唱へつゝ、打ち罵り悪しき人も皆、救ひて羅漢と成しければ（三六九頁）

典拠と思われる経文は次のとおりです。

我深敬汝等、不敢軽慢、所以者何、汝等皆行菩薩道、当得作仏（われ深く汝等を敬う。敢えて軽め慢らず。所以はいかん。汝等は皆、菩薩の道を行じて、当に仏となることを得べければなり〈（下）一三二頁〉）

有名な〈二十四文字の法華経〉を歌ったものです。

――(21)神力品　二首

仏滅後の弘経を題材にした歌が見られます。

釈迦の誓ひぞ頼もしき、我等が滅後に法花経を、常に持たむ人は皆、仏に成ること難からず

（三六九～三七〇頁）

典拠と思われる経文は次のとおりです。

於我滅度後、応受持斯経、是人於仏道、決定無有疑（わが滅度の後において、応にこの経を受持すべし、この人は仏道において、決定して疑い有ること無からん〈（下）一六四頁〉）

――㉒嘱累品　五首

〈摩頂付嘱〉を題材にした歌が目立ちます。

一乗付嘱の儀式こそ、あはれに尊きものはあれ、釈迦牟尼仏は座より下り、菩薩の頂摩でたまふ（三七〇頁）

典拠と思われる経文は次のとおりです。

釈迦牟尼仏、従法座起、〈中略〉以右手摩、無量菩薩摩訶薩頂、而作是言、〈中略〉今以付嘱汝等、汝等応当一心、流布此法、広令増益（釈迦牟尼仏は法座より起ちて、〈中略〉右の手を以って無量の菩薩・摩訶薩の頂を摩でて、この言をなしたもう、〈中略〉今、以って汝等に付嘱す。汝等よ、まさに一心にこの法を流布して、広く増益せしむべし〈(下) 一六六頁〉）

――㉓薬王品　四首

〈燃臂供養〉を題材にした歌二首、〈女人往生〉を題材にした歌一首、〈不老不死〉を題材にした歌一首から構成されています。

娑婆に不思議の薬あり、法華経なりとぞ説いたまふ、不老不死の薬王は、聞く人普く賜ばるなり（三七一頁）

典拠と思われる経文は次のとおりです。

此経則為、閻浮提人、病之良薬、若人有病、得聞是経、病即消滅、不老不死、宿王華、汝若見有、受持是経者、応以青蓮華、盛満抹香、供散其上（この経は則ちこれ閻浮提の人の病の良薬なればなり。若し人、病ありてこの経を聞くことを得ば、病は即に消滅して不老不死ならん。宿王華よ、汝、若しこの経を受持すること有る者を見れば、応に青蓮華と盛り満せる抹香を以って、その上に供え散らすべし〈(下）二〇八頁〉)

この「薬王菩薩本事品」には、右に示したような主題のほかに、『法華経』が〈諸法の王（経王）〉であるとか、〈広宣流布〉の原理も説かれているのです。

——⑳妙音品　二首

〈浄光荘厳国〉を題材に一首、〈三十四身示現〉を題材に一首が歌われています。

我が身一つは界ひつゝ、十方界には形分け、衆生普く導きて、浄光国には帰りにし（三七一頁）

典拠と思われる経文は次のとおりです。

爾時一切、浄光荘厳国中、有一菩薩、名曰妙音、〈中略〉妙音菩薩、住是三昧中、能如是饒益、無量衆生、〈中略〉還帰本土（その時、一切浄光荘厳国の中に、一人の菩薩あり、名を妙音という。〈中略〉妙音菩薩はこの三昧の中に住して、能くかくの如く無量の衆生を饒益し、〈中略〉本土に帰れり〈(下)二一二～二三八頁〉）

――㉕普門品　三首

三首すべてが、〈観音信仰〉を題材にした歌です。「普き門」や「三十三身」や「十九の品」の用例は、「観世音菩薩普門品」という名の由来や〈三十三身十九説法〉を意味しています。

観音深く頼むべし、弘誓の海に船浮べ、沈める衆生引き乗せて、菩提の岸まで漕ぎ渡る（三七二頁）

典拠と思われる経文は次のとおりです。

弘誓深如海、〈中略〉或漂流巨海、龍魚諸鬼難、念彼観音力、波浪不能没（弘誓の深きこと海の如く、〈中略〉或いは巨海に漂流して、竜・魚や諸々の鬼の難あらんに、彼の観音の力を念ぜば、波浪も没すること能わざらん〈（下）二六〇～二六二頁〉）

観世音菩薩の一切衆生を救おうとする誓願が、海のように弘く深いので、人生苦に沈む衆生も幸せの境涯に引き上げられるというのです。

――(26)陀羅尼品　四首

〈十羅刹の守護〉を題材に二首、〈頭破七分〉を題材に二首が収められています。

法華経持てる人毀る、それを毀れる報には、頭七つに破れ裂けて、阿梨樹の枝に異ならず（三七三頁）

典拠と思われる経文は次のとおりです。

若不順我呪、悩乱説法者、頭破作七分、如阿梨樹枝（若しわが呪にしたがわずして、説法者を悩乱せば、頭は破れ七分となること、阿梨樹の枝の如くならん〈(下) 二八二～二八四頁〉）

——(27)妙荘厳王品　四首

〈浄蔵・浄眼〉を題材にした歌が三首、〈一眼の亀の浮木の孔〉を題材にした歌が一首収められています。

釈迦の御法は浮木なり、参り会ふ我等は亀なれや、今は当来弥勒の、三会の暁疑はず（三七三頁）

典拠と思われる経文は次のとおりです。

仏難得値、如優曇波羅華、又如一眼之亀、値浮木孔（仏に値いたてまつることを得ること難きこと、優曇波羅の華の如く、又、一眼の亀の、浮木の孔に値うが如ければなり〈(下) 二九八頁〉）

――⑵普賢品　三首

〈普賢菩薩の誓願〉である〈人法の守護〉が題材になっています。

法華経娑婆に弘むるは、普賢薩埵の力なり、読む人其の文忘るれば、共に誦して覚るらん（二七四頁）

典拠と思われる経文は次のとおりです。

其人若於法華経、有所忘失、一句一偈、我当教之、与共読誦、還令通利（その人、若し法華経において、一句一偈も忘失する所あらば、われは当に之を教えて、ともに読誦し、また、よくさとらしむべし〈(下)三二二頁〉）

以上、『梁塵秘抄』巻第二の「法文歌」について、概略見てきましたが、経典の教えが深く理解され、表現されていることがわかります。

編著者の『法華経』への関心もさることながら、『法華経』自体が有する、叙事的・戯曲的・説法的特性が、見事な今様体の法文歌を生み出したと思われます。

難解な法理も、簡潔な歌の形で理解され親しまれ、信仰への糧となっていたことでしょう。これは、「法文歌」のありようが、次に示すような基本姿勢によっていることと、決して無関係ではない筈です。

法文の歌、聖教の文に離れたる事無し。法花経八巻が軸々、光を放ち放ち、廿八品の一々の文字、金色の仏にまします。世俗文字の業、翻して讃仏乗の因、などか転法輪にならざらむ。
（「梁塵秘抄口伝集」巻第十、日本古典文学大系、四六八〜四六九頁）

〈文学と仏教〉のかかわりの不思議を見る思いがします。

第五章　近代文学と『法華経』

明治時代以降の近代文学と『法華経』のかかわりは、文学者における『法華経』理解や『法華経』信仰と密接につながっています。

そうした面では、高山樗牛（一八七一〜一九〇二年）や宮沢賢治（一八九六〜一九三三年）などに代表されるといってよいでしょう。

一　高山樗牛と『法華経』

高山樗牛は明治時代を代表する文芸評論家の一人で、覇気と熱情に燃えた美文調の論評で知られる浪漫主義的・理想主義的傾向の文学者・思想家です。

東大の学生時代に執筆した『滝口入道』の作者としても、多くの人びとに愛された天才的人物でもあります。それは、石川啄木のように、彼もまた早逝した（数え三十二歳）こととも無関係ではなかったようです。

樗牛の晩年は〈日蓮主義〉の時代とも言われるように、鎌倉時代における〈法華経の行者〉で知られる日蓮（一二二二〜一二八二年）崇拝に象徴される時期でした。

したがって、樗牛と『法華経』のかかわりは、日蓮を通してのものであるというところに、最大の特色が見られます。

明治三十一年（一八九八年）に「釈迦」と題した釈尊伝を執筆した折には、特に『法華経』には触れていません。〈日蓮〉イコール〈法華経の行者〉の方程式を解して、『法華経』の本質に迫っていったといえるでしょう。

明治三十四年（一九〇一年）の秋十月、病気療養も兼ねて鎌倉の長谷に滞在していた樗牛は、日蓮の生涯に関心を抱き、遺文集などの一部を読了した感動を、歌人の佐佐木信綱に伝えています。

日蓮上人の事蹟も、小生年来研究致度志望候ひしが、この度の卜居を幸ひ、〈中略〉昨夜第十巻読了申候。上人の文、殊に消息文は、一種異様の文体にて、上人の性格その儘の気魄光焔、真に鎌倉文学の一偉観かと被存候。尚佐渡配流前後の御書は、実に天地の大文字なるよしなれば、先き〱を楽しみ読居候。（明治三十四年十月二十六日。『樗牛全集』第六巻〈博文館〉四六八頁。以下樗牛が記した文章の引用は同全集による）

また、日蓮理解を深めるために、『法華経』の読誦を始めて、「如来寿量品」に感動した様子が、井上哲次郎宛の書簡からうかがわれます。

開目抄、種々御振舞抄等之諸篇に於て、感激、夜眠を成さず候ひき。是人こそ独り鎌倉時代ノ偉人なるのみならず、本邦稀有之大才なるべきかと愚考仕り、猶其人物を一層深く了得せむが為、法華経読誦罷在候。実に寿量品の一文は、本化妙宗の根柢なること、略々悟了致候。何れ此上人に就ては、後年一書を物し度懸念致居候。（同年十一月三日、全集第六巻四七二頁）

こうして、日連の文章に対する感動からスタートした日蓮への傾倒は、同じ鎌倉の要山に住んでいた田中智学との交際などを経て、次第に強まっていったのです。

田中智学（一八六一～一九三九年）は、国家主義的日蓮信奉者であり、大正三年（一九一四年）に結成した〈国柱会〉のリーダーとして有名です。

明治三年（一八七〇年）に日蓮宗妙覚寺において剃髪得度（出家）、九年後に還俗し、その六年後に〈立正安国会〉を結成しました。この団体を中心にして拡大発展した存在が、〈国柱会〉といってよいでしょう。

田中智学の著書『宗門の維新』を、樗牛が雑誌『太陽』に紹介したのは、明治三十四年（一九〇一年）の十一月でした。

日蓮宗門の腐敗堕落に触れて、〈宗門の改革〉を唱える智学の提言を、浪漫的に評価した一文です。

樗牛自身も、翌年の四月に、宗門の衰退に対しての警世の一文を発表しています。

日蓮は日本が嘗て産出したる人物の最大なるもの也。〈中略〉彼れの人物を嘆美すること於て仏教徒は宜しく其の宗門の争を抛つべし。〈中略〉今日宗風の衰頽、僧侶の堕落、其の由って来るところ果して那辺に存すと為す。日蓮の遺風は既に墜ちぬ。彼等は何を以て所謂紀念会の実を挙げむとする。（「無題録」明治三十五年四月、全集第四巻八七六頁）

日蓮遺風の衰退が、現象面では、僧侶の堕落に見られ、精神面では、〈上行菩薩〉の自覚の欠如にある、と憂えているようです。

〈法華経の行者〉日蓮を崇拝してやまない樗牛にしてみれば、当時における形骸化した、日蓮宗の『法華経』信仰に対して、嘆かわしいと感じていたに違いありません。

その後、樗牛は、智学が主張する国家主義としての日蓮観には疑問を抱き、国家を超越した日蓮のあり方にこそ、その偉大さを認めていきました。

ともあれ、樗牛の日蓮傾倒は、以下に示すような文章の発表につながっていきます。

(1)況後録（明治三四年一二月）
(2)鎌倉の話（三五年一月）

(3)吾が好む文章（三五年二月）
(4)日蓮上人は如何なる人ぞ（三五年四月）
(5)日蓮と基督（三五年四～五月）
(6)日蓮研究の動機（三五年五月）
(7)冠鐺日親（三五年五月）
(8)日蓮上人と日本国（三五年六月）
(9)豪傑の半面（三五年七月）
(10)予の好める人物（三五年八～一一月）

(1)は、『法華経』「法師品」の〈況滅度後〉（傍点筆者）をふまえた題名で、〈佐渡流罪〉などの法難に関して述べたものです。

(2)は十段から成る鎌倉論で、第八段が「鎌倉時代の人傑」で、第九段が「日蓮上人」になっています。

前者では、源頼朝を始め十六人の人物を挙げ、十四人目に日蓮を挙げ、次のように文章を結んでいきます。

右の中にて第一等の人物は誰なりやと問はば、予は日蓮上人なりと答ふべし。〈中略〉秀

吉、家康、乃至頼朝、尊氏等も、上人に比すれば其の人物遙かに小也。（全集第三巻七九八頁）

そして、各論としての日蓮伝が粗々紹介されます。

　天下の知識を学び得たる後、茲に法華経を以て仏法の極致と証悟して、〈中略〉法華経の為に命を捨つるは砂に黄金を代へ、糞に米を代ふるが如しとてますく其の数を弘めたり。〈中略〉偏に法華経の真理を弘通して天下を救はむとせり。（同前、七九九〜八〇〇頁）

(9)では、加藤清正、豊臣秀吉、日蓮の三人を挙げ、日蓮については次のように述べます。

　実に上人は、宇宙間第一の真理たる法華経の大義を唱へて、満天下の衆生を救はむとの大願を起し、〈中略〉人情にあつく、恩誼に深く、其の情、時としては禽獣の果にまでも及びしことは、後世の人をして感涙に堪へざらしむるものある也。〈中略〉真の豪傑は人の為し難きことを為すと同時に、人情に篤く、恩愛に濃やかなるもの也。（同前、六九二〜六九四頁）

真実の英雄は、文武両道、剛柔自在なのです。

(10)には、聖徳太子、聖武天皇、藤原道長、源為朝、平清盛、平時忠、文覚上人、西行法師、日

蓮の十人を、好きな人物として挙げています。

偉い人物、好きな人の両方に挙げられている日蓮に、樗牛は心から崇拝していたのです。

樗牛における日蓮論の本門の肝心が(4)の文章です。『法華経』の「如来寿量品」に相当するものです。

副題に「日蓮上人と上行菩薩」と記されていることからも、『法華経』に説かれる〈上行菩薩〉こそ、〈法華経の行者〉としての日蓮であるという論調が特徴的です。

第一段では、『法華経』「従地涌出品」における〈上行菩薩〉の出現と、「如来神力品」における〈上行菩薩〉への〈結要付嘱〉などを論じ、第二段では、仏の滅後における〈上行菩薩〉の〈再誕〉について思いをめぐらし、釈尊（仏）の預言から、時・所・人を、〈末法〉の〈東国〉の〈大難の人〉と見定め、日蓮こそ上行菩薩の確信に到達した人と論じます。

第三段の「法華経の行者としての日蓮」が、最後の「上行菩薩としての日蓮」に到るまでに、〈竜の口の法難〉や〈佐渡流罪〉からうかがわれる〈発迹顕本〉の意義を論じ、次のように結んでいきます。

日蓮は法華経の行者也、時は末法の初めに当り、国は東方の悪土に合し、而して現身を以て勧持品二十行の預言を実現す。〈中略〉日蓮は果して上行菩薩の化身なりや。〈中略〉吾人は唯々日蓮が釈尊に対する無限の帰依によりて吾れは上行菩薩也てふ金剛不壊の確信に到

達したるを見るを以て足れりとせむ。（同前、七四六～七四八頁）

なお、(5)の論評は、かのイエス・キリストと日蓮を並べ論じたもので、キリスト教と仏教の比較論にもなっています。

興味深いのは、キリストと釈尊を並べるのが世間一般の通念であるのに対し、樗牛はあくまでも日蓮にこだわっていることです。

両者の類似面を、主としてA出世の因縁（預言の体現者としての誕生）、B受難の運命（十字架のキリストと、法難の日蓮）の面から論じています。

以上概観してきた評論と並行して、樗牛は、友人や知人宛の書簡の中で、日蓮への傾倒を伝えています。

日蓮上人の追懐に励まされて、過日来其の伝記並に高祖遺文録など繙き居候が、さても是の偉人の生涯こそ今更貴くも仰がれ候ものかな、〈中略〉さる先輩の勧めにより、法華経等をも読み申候ひしが、げに方便、寿量、二品の本義なくては日蓮上人一代の大信仰大抱負も其の根柢を失へるに同じきこと、覚束なくも合点致候ひぬ。げに遺文を読まむものは、先づ彼の経を読むべきにて候ふべし。（明治三十四年十一月十五日、姉崎正治宛、第六巻四七七～四

七八頁)

ドイツ留学中の親友への、長文の書簡末尾近くには、日蓮の『開目抄』の一文を記して、感動の程を伝えています。

詮ずる所は天も棄て給へ、諸難にも逢へ、身命を期とせむ。〈中略〉我れ日本の柱とならむ、我れ日本の眼目とならむ、我れ日本の大船とならむ等と、誓ひし願破るべからず。(同前、四八五頁)

宗教学者でもある姉崎は、樗牛との往復書簡や、誌上における問答を通して、日蓮に対する関心を深めていきます。

樗牛没後における、『法華経の行者日蓮』(博文館)などの発刊や、講義などは、樗牛との友情は勿論のこと、樗牛と日蓮のかかわりから受けた影響によるものと思われます。次に、田中智学や山川智応(智学の高弟)宛の書簡を見ますと、『法華経』と日蓮の関係を、樗牛は真剣に学びとろうとしていたということがうかがわれます。最後に、死去の三箇月程前に認めた、父親宛の書簡を見てみましょう。

若し小生死後に相成候はゞ、右竜華寺に埋葬相願度候。〈中略〉竜華寺之宗旨は日蓮宗には候へども、宗門の異同などは御かまゐなく御許可被下候。日蓮上人は私之平素崇拝する一大偉人にて、其門末之寺に埋らるゝは、何かの因縁と見え可申候。（明治三十五年十月一日、第六巻五四五～五四六頁）

自分の死期が遠くないことを知っていた樗牛は、埋葬地として日蓮宗の竜華寺を希望します。彼は、故郷の祖先が眠る、禅宗の寺院を願わなかったのです。樗牛における日蓮への念いが、竜華寺を志向させ、結果として、彼の遺志は叶えられました。思えば、入学した故郷の小学校も、日蓮宗の本鏡寺内にあった学校でした。

二　宮沢賢治と『法華経』

宮沢賢治と『法華経』のかかわりは、大正三年（一九一四年）の秋、賢治十八歳の時でした。浄土真宗の信者であった父親が友人から贈られたという『漢和対照妙法蓮華経』を読み、賢治は深い感動を覚えたそうです。

賢治の弟である宮沢清六氏の手記には、次のような記述が見られます。

この本は前年から賢治が説教を聞いていた島地大等の編輯したもので、その中の「如来寿量品」を読んだときに特に感動して、驚喜して身体がふるえて止まらなかったと言う。〈中略〉以後賢治はこの経典を常に座右に置いて大切にし、生涯この経典から離れることはなかった。(「兄賢治の生涯」、『宮沢賢治研究』〈筑摩書房〉二四六頁)

賢治の生涯を決めた一書であり、瞬間であると言えるでしょう。
それからの賢治は、父や友人の保阪嘉内に、『法華経』の信仰を訴え始めます。
大正七年に認められた書簡を、いくつか見てみましょう。

①願はくば誠に私の信ずる所正しきか否や皆々様にて御判断下され得る様致したく先づは自ら勉励して法華経の心をも悟り奉り〈中略〉進みては人々にも教へ(二月二日、宮沢政次郎宛)

〈自行化他〉の『法華経』信仰の姿がうかがわれます。

②我等と衆生との幸福となる如く吾をも進ませ給へと深く祈り奉り候〈中略〉万事は十界百界の依て起る根源妙法蓮華経に御任せ下され度候。〈中略〉私一人は妙法蓮華経の前に御供養願上候。(二月二十三日、宮沢政次郎宛)

全人類救済の精神、〈十界互具〉や〈百界千如〉の法理、〈不惜身命〉の覚悟などが偲ばれます。

賢治が「如来寿量品」を最も尊重していたことは、以下に示すような書簡からも明らかです。

③諸共に一心に他念なく如来第一義を解し奉る為に修業《ママ》して参りませう。〈中略〉衆生見劫尽
　大火所焼時
〈中略〉
雨曼陀羅華　散仏及大衆
〈中略〉
あゝ至心に帰命し奉る妙法蓮華経。世間皆是虚仮仏只真。
　妙法蓮華経方便品第二
妙法蓮華経如来寿量品第十六
妙法蓮華経観世音菩薩普門品第二十四《ママ》
　願はくは此の功徳を普く一切に及ぼし我等衆生と　皆共に仏道を成ぜん（三月十三日、保阪嘉内宛）

「寿量品」の〈自我偈〉の一部を引用し、末尾には「化城喩品」の〈偈文〉の一部を記してい

ます。

「世間皆是虚仮仏只真」の句は、『上宮聖徳法王帝説』に見られる「世間虚仮、唯仏是真」と同じような内容かと思われます。

④此の度は御母さんをなくなされまして何とも何とも御気の毒に存じます。〈中略〉あなた自らの手でかの赤い経巻の如来寿量品を御書きになって御母さんの前に御供へなさい。（六月二十六日、保阪嘉内宛）

「寿量品」の書写をすすめて、御母堂の生命の永遠を念じていたのかも知れません。

⑤かの赤い経巻を手にとり静にその方便品、寿量品を読み奉らうではありませんか。（六月二十七日、保阪嘉内宛）

賢治の『法華経』信仰は正鵠を得ており、③に続いて、「方便」・「寿量」の二品を取り上げています。

大正九年の書簡にも次のような記述が見られます。

⑥無虚妄の如来　全知の正徧知　殊にも　無始本覚三身即一の　妙法蓮華経如来　即ち寿量品の釈迦如来の眷属となることであります。（十二月上旬?、保阪嘉内宛）

「寿量品の釈迦如来」という記述からは、仏の生命が永遠であることを覚知し、その〈眷属〉である自分たちの生命も永遠であることを訴えています。

没年になった昭和八年の年賀状にも、「如来寿量品」から引用した偈文を記しています。

⑦謹賀新年
　　我此土安穏
　　天人常充満
　昭和八年一月一日
　　花巻町
　　　宮沢賢治（一月一日、菊池信一宛）

浅沼政規宛の賀状には、「宝樹多華果」の偈文も引用しています。

賢治の書簡には、「南無妙法蓮華経」という題目の記述も数多く見られ、彼がいわゆる〈日蓮信者〉であったことがうかがわれます。

〈国柱会〉に入会する以前からも、題目を唱えていたのです。

⑧あゝ生はこれ法性の生、死はこれ法性の死と云ひます。只南無妙法蓮華経只南無妙法蓮華経至心に帰命し奉る〈中略〉南無妙法蓮華経と一度叫ぶときには世界と我と共に不可思議の光に包まれるのです〈中略〉斯の如く唱へて輝く光です　南無妙法蓮華経南無妙法蓮華経（大正七年三月二十日前後?、保阪嘉内宛）

⑨南無妙法蓮華経は空間に充満する白光の星雲であります。〈中略〉あなたの御母様は本統になくなられたのだと云ふことを聞きました。（大正七年五月十九日、保阪嘉内宛）

⑨の書簡には、前掲文に続いて、「南無妙法蓮華経」の題目が、上下二段・十四行記されており、おそらく、保阪氏の母堂に手向けた唱題であると思われます。また、二十八句という数は、『法華経』二十八品をも意味しているのではないでしょうか。

前に引用した⑤の書簡の前半部には、次のような記述も見られます。

⑩私は前の手紙に階書《ママ》で南無妙法蓮華経を書き列ねてあなたに御送り致しました。あの南の字を書くとき無の字を書くとき私の前には数知らぬ世界が現じ又滅しました。あの字の一一の

中には私の三千大千世界が過去現在未来に亙って生きてゐるのです。

〈三千大千世界〉という空間的宇宙観と、〈過去現在未来〉という時間的永遠の生命観が、「南無妙法蓮華経」を通して実感できるのでしょう。

〈空・仮・中の三諦〉の〈本尊（仏）〉といった趣きさえ伝わってくるようです。賢治の作品の宇宙性・生命性といった特徴がよくわかります。

〈国柱会〉入会の大正九年以降になりますと、書簡の末尾に〈題目〉が記され、更には〈合掌〉などと、相手への祈念の姿勢が記されるようになります。

発熱がひどく、死を覚悟した両親宛の〈遺書（?）〉には、次のような記述が見られます。

⑪今生で万分一もついにお返しできませんでしたご恩はきっと次の生、又その次の生でご報じいたしたいとそれのみを念願いたします。どうかご信仰といふのではなくてもお題目で私をお呼びだしください。そのお題目で絶えずおわび申しあげお答へいたします。（昭和六年九月二十一日記、死後トランク中より発見）

最後まで『法華経』の信仰を理解して貰えなかった両親に、「南無妙法蓮華経」の題目を通して、死後の対話をしたいと願う賢治の、切ない思いが伝わってきます。

両親や親友に訴えた『法華経』の信仰は、日蓮信仰を介しての〈国柱会〉の活動へと深まってゆき、保阪嘉内に対しての〈折伏〉が積極的に行われたのですが、結局保阪は信仰するまでには至りませんでした。

この頃から賢治は、本格的に〈宗教と芸術〉の課題に取り組むようになります。

⑫これからの宗教は芸術です。これからの芸術は宗教です。いくら字を並べても心にないものはてんで音の工合からちがふ。（大正十年七月十三日、岩田金次郎宛）

賢治は、〈文芸による大乗仏教の普及〉に向かって進み始めたのです。〈文学と仏教〉の融合（法華文学）を目指した創作活動の開始でした。

後になって詩集『春と修羅』や童話集『注文の多い料理店』に収められる作品の数々が、次から次へと生み出されていきます。

〈詩〉と〈童話〉というジャンルを通して、仏教思想の世界観を表現しようとしたのです。梅原猛氏の、次のような指摘は、示唆に富んだものと言えましょう。

賢治の世界は汎宇宙的生命の世界である。〈中略〉賢治のすべての詩や童話のなかには、こうしたおのれを大宇宙の生命と一体として感じる魂の恍惚が秘められている。(「修羅の世界を超えて」、『宮沢賢治研究』〈筑摩書房〉二九〜三〇頁)

ところで、賢治における『法華経』からの影響について、梅原氏は、次の三点を挙げています。

(1)生命の思想
(2)修羅の思想
(3)菩薩の思想

『法華経』は〈仏〉の全生命を説いたものであり、「生命の思想」であることは自明の理です。(2)と(3)についても、賢治の詩集『春と修羅』や、〈手帳〉に記されていた「雨ニモマケズ」の詩句の精神からは、充分に頷けるところです。

〈修羅〉といい、〈菩薩〉といい、いずれも生命における〈十界〉の一つですから、〈修羅〉の認識（理）と、〈菩薩〉の実践（事）を通して、〈仏〉の生命を希求したとも言えるでしょう。〈手帳〉に記されていた次の詩句は、〈修羅即菩薩〉ともいうべき〈十界互具〉の法理を示しているようです。

三十八度九度の熱悩
肺炎流感結核の諸毒
汝が身中に充つるのとき
汝が五蘊の修羅を仕して
或は天　或は菩薩
或は仏の国土たらしめよ

（『宮沢賢治』〈日本詩人全集、新潮社〉一九二頁）

こうしたテーマについては、次に紹介する礒永秀雄氏の解釈は、大いに参考になります。氏は、賢治詩集のキー・フレーズともいうべき〈春と修羅〉について、以下のように述べています。

「春」は理想境としての常住の春であり、涅槃であり、寂光土であり、十界の中でいえば「仏界」の謂であろう。それに対し「修羅」は六道の一つという立て分けよりも、六道に声聞界・縁覚界・菩薩界の三乗を加えた「九界」の、代表的呼称として賢治は使用したものに思えてならない。すなわち善悪ならびに通ずる修羅界こそ末世衆生の住すべき国土であり、その修羅界に仏界を湧現せんとする悲願がこの詩集の題名に秘められている気がしてならないのである。そうすれば「春」と「修羅」をつなぐ「と」の一字は、「即」と見るべきであり、ここに「春即修羅」「修羅即春」の関係、つまり「仏界即九界」「九界即仏界」という十界互具一念三千の法理をあらわしたものとして、また「煩悩即菩提」「生死即涅槃」の証しとして賢治の詩は書きつづけられたと見ることができるように思う。（『第三文明』〈一五五号〉四七頁）

急性肺炎で発熱・高熱が続き、病臥していた折を回想した詩群「疾中」の中に、次のような断片が見られます。

われやがて死なん
今日又は明日
〈中略〉
われ死して真空に帰するや
ふたたびわれを感ずるや
ともにそこにあるのは一の法則（因縁）のみ
その本原《ママ》の法の名を妙法蓮華経と名づくといへり

〈中略〉
諸仏の本原《ママ》の法これ妙法蓮華経なり
帰命妙法蓮華経
生もこれ妙法の生
死もこれ妙法の死
今身より仏身に至るまでよく持ち奉る
（『宮沢賢治』〈日本詩人全集、新潮社〉一八九～一九〇頁）

〈永遠の生命〉・〈真我〉・〈我即仏〉・〈人法一箇〉などの原理がうかがわれます。
「帰命妙法蓮華経」の〈帰命〉は、梵語（古代インドの言語）では〈南無〉に相当しますから、
結局「南無妙法蓮華経」という表現になります。

賢治の詩をもう少し見ていきましょう。
有名な「雨ニモマケズ」の詩ですが、末尾近くの詩句に注目してみたいと思います。

ミンナニデクノボートヨバレ
ホメラレモセズ

クニモサレズ
サウイフモノニ
ワタシハナリタイ
（同前、一九四頁）

賢治が理想とした「デクノボー」について、分銅惇作氏は、次のように述べています。

賢治が生涯座右に置いて拝誦した法華経の不軽品に説かれている不軽菩薩の行道に即して発想されたものと考えられます。（『宮沢賢治の文学と法華経』〈水書房〉一三頁）

興味深い指摘です。〈無作の三身〉である〈仏〉の姿さえ連想されます。
作品冒頭近くの、次の詩句には、〈三毒〉に相当する〈煩悩〉を、〈菩提〉に転じた〈仏〉の境涯がうかがわれそうです。

慾ハナク〔無貪〕
決シテ瞋ラズ〔不瞋〕
〈中略〉

ヨクミキキシワカリ〔非癡〕

（『宮沢賢治』〈日本詩人全集、新潮社〉一九四頁、〔 〕内筆者）

また、中程の詩句には、〈菩薩道〉に相当する行為が詠われているようです。「病気ノコドモ」に対する「看病」や、「ツカレタ母」に対して「稲ノ束ヲ負」う行為や、「死ニサウナ人」に対する励ましや労り、「ケンクヮヤソショウ」に対する和解の仲立ちなどが、すべて尊い〈利他〉の実践なのです。

〈手帳〉の中には、次のような詩句も見られます。

あの子は三つでございますが
直立して合掌し
法華の首題も唱へました
如何なる前世の非にもあれ
ただかの病かの痛苦をば
私にうつし賜はらんこと

（同前、一九三頁）

咳で苦しむ三歳の子供の病苦を、自分の身に移してくださいと、仏に祈る賢治の〈菩薩心〉が胸を打ちます。

快楽もほしからず
名もほしからず
いまはただ
下賤の癈軀を
法華経に捧げ奉りて
一塵をも点じ
（同前）

『法華経』に対する〈帰命〉の精神や、〈塵点〉という〈久遠〉の思想がうかがえます。〈塵点〉とは、『法華経』「化城喩品」の〈三千塵点劫〉や、「如来寿量品」の〈五百塵点劫〉につながる、生命を見詰めた賢治の念いです。

〈手帳〉に記された五篇の完成詩と、一篇の未完成詩のすべてに、「冀フ」、「たらしめよ」、「賜はらんこと」、「ねがひ」、「ナリタイ」、「のぞみ」などの、祈念や願望の表現が見られるということは、賢治最期の心のありようを理解する上で、重要な一面であるかと思います。

父母の恩愛に対しての感謝、仏国土建設への願望、慈愛にみちた菩薩行、『法華経』への帰命、〈無作の三身〉のふるまい等々、来世での生に期していた執着がうかがわれ、痛痛しささえ感じられます。

もしかしたら、この〈執着〉は、「春と修羅」の〈はぎしり〉であり、〈なみだ〉であり、〈かなしみ〉にもつながる、〈修羅〉としての生であったのかも知れません。

次のような詩句も見られます。

尚わたくしは
諸仏菩薩の護念によって
あなたが朝ごと誦せられる
かの法華経の寿量の品を
命をもって守らうとするものであります

（「野の師父」、同前、一三二頁）

〈野の師父〉とは、『農民芸術概論綱要』「序論」に記されている、〈われらの古い師父〉（同前、二一〇頁）につながるものでしょう。

賢治が理想とする農民の姿であり、その指導者は、『法華経』「寿量品」を誦しているというのです。
誦経の〈師父〉も、護法の〈わたくし〉も、賢治の一面であり、祈りのあらわれである実践なのです。
妹の〈とし子〉を追悼する挽歌群の一篇に、「オホーツク挽歌」があります。オホーツク海岸の荒涼たる風景と、賢治の愛妹を失った寂寥感とが調和し、賢治は必死になって、悲しみから立ち直ろうとします。
いつしか彼は、仏に祈っていました。

(ナモサダルマプフンダリカサスートラ)
五匹のちひさないそしぎが
海の巻いてくるときは
よちよちとはせて遁げ
(ナモサダルマプフンダリカサスートラ)

(同前、八二～八三頁)

〈ナモサダルマ……〉は、〈南無妙法蓮華経〉の梵語です。

賢治は、妹の成仏と、自分の新生を祈ったに違いありません。

「五輪峠」という詩には、〈四菩薩〉の表現が見られます。

みちのくの
五輪峠に
雪がつみ
〈中略〉
五の空輪を転ずれば
常楽我浄の影うつす
（同前、九三頁）

〈常楽我浄〉とは、一切の生命が常住の実在であり、現世は清らかな楽土であるという意味です。

『法華経』「如来寿量品」の〈常住此説法〉・〈我此土安穏〉・〈自我得仏来〉や「薬王菩薩本事品」の〈如清涼池〉の経文に説かれており、〈四徳〉に配すると、〈四菩薩〉の徳にあてはまるのです。

それぞれ次のようになります。

常（無辺行菩薩）
楽（安立行菩薩）
我（上行菩薩）
浄（浄行菩薩）

こうして、『法華経』の信仰に根差した文学活動も、終焉を迎える日が近づいてきました。昭和八年（一九三三年）九月二十日、急性肺炎の重病の床で、賢治は二首を記します。

方十里稗貫のみかも稲熟れてみ祭三日そらはれわたる

病のゆゑにもくちんいのちなりみのりに棄てばうれしからまし

〈絶筆二首〉といわれている辞世の歌です。

寒冷地であったふるさとの豊作を寿ぎ、そうした稔りの秋に命果てるならば、どんなに嬉しいだろうと歌っています。

「そらはれわたる」、「うれしからまし」という結句は、信仰に基づいた芸術活動と農業指導に生きた賢治の、最後の祈りと願いであったといえるでしょう。

二首目の「みのり」に、『法華経』の信仰である〈御法〉をかけていることは、言うまでもないことです。

翌二十一日、『国訳妙法蓮華経』千部の翻刻と頒布を、父親に遺言した賢治は、「南無妙法蓮華経」と題目を唱えながら、今世の生を終えました。

賢治の祈りも、いくらか仏天に通じたのでしょうか、その年の岩手県の米作は、初めての大収穫だったそうです。

あとがき

『法華経』は日本文学を照らす〈光〉である、という意味のことを「まえがき」で述べましたが、〈光〉は「明るさ」であり「美しさ」であるとともに、「おごそかさ」でもあるのです。その〈光〉によって照らされ、映された姿や形が〈影〉なのです。

日本文学における『法華経』の光と影のありようを、幾つかの作品について眺めてみました。改めて、両者のかかわりの広さ・深さに興味を覚えます。

言い尽くせなかったこと、取り上げなかった作家や作品など沢山ありますが、今後の新たな課題にしていきたいと願っています。

本書の論述には、誤解・曲解も多いかと思います。筆者宛のアドバイスが得られれば嬉しく思います。

長期間にわたっての執筆でしたが、新しい発見もあり、楽しい時間でした。

まさに、『無名草子』(十三世紀初め、藤原俊成の孫)の心境に重なる思いです。

功徳の中に、何事をかおろかなると申す中に、思へど思へどめでたくおぼえさせ給ふは、法華経こそおはしませ。〈中略〉千部を千部ながら聞くたびにめづらしく、文字ごとにはじめて聞きつけたらむことのやうにおぼゆるこそ、浅ましくめでたけれ。（新潮日本古典集成、二一頁）

ともあれ、いま筆者は、釈尊をはじめ紫式部や宮沢賢治などの先師、更には本書の成り立ちを支えてくれた多くの先学や出版社の方々に、厚く御礼を申し上げ、机の前から静かに立ち去りたいと思っています。

著　者

〔著者紹介〕
西田禎元〔にしだ・ただゆき〕

1942年、福島県小野新町生まれ。東北大学卒業。
創価大学文学部教授。専攻、平安朝文学・比較文学。

編著書、『和泉式部日記』（桜楓社）
『更級日記研究序説』（教育出版センター）ほか。

日本文学と『法華経』

二〇〇〇年七月二〇日　初版第一刷印刷
二〇〇〇年七月三〇日　初版第一刷発行

著　者　西田禎元
発行者　森下紀夫
発行所　論　創　社
東京都千代田区神田神保町二―一九　小林ビル
電　話　〇三（三二六四）五二五四
F A X　〇三（三二六四）五二三二
振替口座　〇〇一六〇―一―一五五二六六

組版／ワニプラン
印刷・製本／中央精版印刷

 ISBN4-8460-0256-X